FREAKY GROENE
OGEN

JOYCE CAROL OATES

FREAKY GROENE OGEN

UIT HET ENGELS VERTAALD
DOOR TJITSKE VELDKAMP

VAN GOOR

ISBN 90 00 03548 1

Oorspronkelijke titel *Freaky Green Eyes*
Oorspronkelijke uitgever Harper Collins Publishers

© 2003 Joyce Carol Oates
© 2004 Nederlandse vertaling Van Goor en Tjitske Veldkamp
© 2004 voor deze uitgave Van Goor, Amsterdam
omslagontwerp Steef Liefting
omslagfoto Anoushka van Velzen
www.van-goor.nl

Nog een keer voor Tara

I DE OVERSTEEK

Hoe Freaky Groene Ogen aan haar naam kwam

Terugkijkend beschouw ik het als een soort oversteek. Misschien was dat ook wel wat mijn moeder deed. De oversteek maken. Een oversteek van bekend naar onbekend gebied. Van een plek waar de mensen je kennen, naar een plek waar mensen alleen maar dénken je te kennen.

Alsof je een onvoorspelbare en verraderlijke rivier overzwemt; als je de overkant haalt, ben je een andere persoon geworden dan degene die je was toen je in het water stapte.

Bij mij begon het in juli vorig jaar, een paar weken na mijn veertiende verjaardag. Toen Freaky Groene Ogen in mij wakker werd. Het gedoe tussen mijn ouders was nog niet begonnen. Nou ja, misschien ook wel, maar ik had het in elk geval nog niet in de gaten. Wilde het nog niet in de gaten hebben.

Ik ontmoette een wat oudere jongen op een feestje en dat was slecht afgelopen als Freaky er niet was geweest.

Ik weet niet waar Freaky vandaan kwam. Ik heb het ook nooit aan iemand verteld, zelfs niet aan Twyla, en zij is nog wel mijn beste vriendin. Ze heeft wat je noemt een kalmerende invloed op me. Ook mijn moeder heb ik het nooit verteld, hoewel we toen nog goed met elkaar konden opschieten. Achteraf denk ik dat ik het haar wel had moeten vertellen.

Het feest was bij rijke mensen thuis, aan de rivier Puget

Sound, even ten noorden van de stad. We waren met het hele gezin (behalve mijn broer Todd, die was niet meegegaan) te gast bij hun buren met ook al zo'n waanzinnig huis aan de rivier. Op het feest was niemand die ik kende; bijna iedereen was ouder dan ik. Een meisje van mijn school in Seattle, Forrester Academy, had me samen met een groepje vrienden uitgenodigd en toen we op het feest aankwamen was het al snel pijnlijk duidelijk dat ik verreweg de jongste was.

Stel je het volgende voor: een bleke huid met sproeten, een wortelkleurige paardenstaart die als een enorme, statische pluizenbol tot halverwege mijn rug hing; een verschrikte blik, een smal lijf in een roze topje; slippers; geen make-up. Ik liep, kortom, overduidelijk uit te stralen dat ik de jongste was.

De meisjes met wie ik was gekomen hadden me in *no time* gedumpt. Teruggaan naar het huis waar we logeerden zou betekenen dat ik minstens anderhalve kilometer moest lopen langs een drukke kustweg zonder stoep. Desalniettemin wilde ik vanaf het moment dat ik binnenkwam het liefst rechtsomkeert maken. *Franky Pierson heeft plaatsgenomen op de hoge duikplank. Ze maakt zich op om te duiken, maar dan slaat de stress toe.*

Alleen was dit geen duikwedstrijd. Ik had net zo goed onzichtbaar kunnen zijn. Er was geen mens die me een blik waardig keurde.

De muziek stond zo hard dat ik nauwelijks kon horen wat er gedraaid werd. Keiharde heavy metal of zoiets? Mijn hart begon meteen op de maat mee te dreunen. Dat gebeurt altijd als ik gespannen ben. Mijn vader beweerde altijd dat ik op mijn moeder lijk, maar naar hem aard. Hij is vroeger profsporter geweest, een rugbyspeler, en volgens hem pikken wij altijd signalen uit de directe omgeving op, net als dieren. Als er gevaar dreigt, is het vechten of vluchten.

Ik was bepaald niet in de stemming om te vechten, maar vluchten leek me ook niks.

Na een paar minuten begon ik de muziek gek genoeg leuk te vinden. Nou ja, ik vond het nog steeds drie keer niks, maar ik begon de opgefokte sfeer wel leuk te vinden.

De mensen stonden dicht op elkaar in een langwerpige huiskamer. Een glazen wand bood uitzicht op de rivier. In de zomer gaat de zon in dit gebied laat onder. Nu was hij bijna achter de horizon verdwenen; je zag alleen nog wat bloedrode strepen op het rimpelende wateroppervlak. Niet dat iemand op het feest aandacht had voor de omgeving.

Ik liep doelloos langs de feestende menigte en probeerde niet omver te worden gelopen door onbekenden met vervaarlijk klotsende drankjes. Te oordelen naar de geur in de kamer was het bier. Ik werd als wrakhout voortgestuwd en kwam terecht in een tweede vertrek met ook een glazen wand. Het was nog groter dan de eerste kamer en keek uit op een steiger waarlangs een grote, ranke zeilboot en een groot jacht afgemeerd lagen. Overal stonden mensen die ik niet kende; knappe jongens, mooie meisjes. Ze waren allemaal jaren ouder dan ik en een stuk spaarzamer gekleed. Het was alsof er een ondoordringbare glazen wand tussen ons stond: ze bevonden zich in een dimensie die ik niet kon betreden. Maar ik was koppig en ging niet weg.

Mijn moeder. Klagend hoe zwaar het haar viel om met mensen te moeten omgaan die alleen geïnteresseerd waren in mijn vader, de plaatselijke beroemdheid Reid Pierson. Ze negeerden haar, zei ze, of maakten neerbuigende opmerkingen ('O. Werkt u óók?'). Mama zei dat het voelde alsof ze niet bestond en dat gevoel had ik nu ook: opgelaten maar tegelijkertijd opgewonden en verwachtingsvol. Ik keek rond met een sneu, hoopvol glimlachje – alsof er elk moment iemand naar me toe kon komen om me te begroeten.

Een aantrekkelijke jongen uit de bovenbouw van Forrester die uit de menigte opdook en zou zeggen: 'Hé! Francesca, ben jij er ook?'

Zo ging het dus niet. Niet helemaal, althans.

In plaats daarvan vond ik een badkamer met witte tegels die glommen als parelmoer en een chic bubbelbad met messing kranen. In de spiegel zag ik mijn gloeiende wangen en verbijsterde/gekwetste/onaangedane groene ogen. Ik schrok van mezelf, hoewel ik toch echt geen ander spiegelbeeld verwacht had.

Ik was pas een jaar geleden voor het eerst ongesteld geworden ('ongesteld worden': wat een stomme uitdrukking!) en tot die tijd was ik een echte jongen geweest. Nu wist ik niet precies meer wat ik was. Ja, een meisje. Maar geen meisjes-meisje.

Misschien ben ik dat ook wel. Ben ik Francesca Pierson, en niet Franky. En dat ik daartegen vecht.

Ontkenning, noemen ze dat.

Toen mijn moeder zo oud was als ik, was ze compleet geobsedeerd door haar uiterlijk, heeft ze me wel eens verteld. En door jongens. Ze had me verteld dat ze een paar stommiteiten had uitgehaald die haar leven voorgoed hadden kunnen verpesten als ze niet zo veel geluk had gehad ('meer geluk dan wijsheid, Francesca'). Soms maakte ik me zorgen dat ik misschien meer op mijn moeder leek dan ik zou willen. En dat ik ook geobsedeerd zou raken door mijn uiterlijk, net als de anderen op school.

'Hé! Francesca, ben jij er ook?'

Ik geef mezelf een knipoog in de spiegel. Schud mijn paardenstaart. Besluit dat ik er best aardig uitzie. Niet bloedmooi, maar best aardig.

'Hé.'

Vraag me niet hoe of waarom, maar uit de menigte duikt een jongen op die tegen me aanloopt, besluit te stoppen om me wat beter op te nemen en naar me lacht. Ik grijns terug als een verlichte Halloweenpompoen. Belachelijk hoe snel mijn stress verdwijnt. Nu speel ik de rol van een meisje dat helemaal niet op het punt staat te ontploffen van opwinding, angst of stress. Het lijkt wel een scène uit een film. Het lijkt wel of ik deze rol eerder heb gespeeld.

De jongen die naar me glimlacht, die me zelfs leuk lijkt te vinden, schreeuwt in mijn oor dat hij Cameron heet. Zijn achternaam kan ik niet verstaan. Hij is eerstejaars aan de USC en ik voel me een sukkel omdat ik moet vragen wat USC betekent (University of Southern California natuurlijk). Hij vraagt hoe ik heet en ik zeg Francesca – Franky klinkt plotseling zo kinderachtig en ik mompel zo'n beetje waar ik op school zit. Cameron vertelt dat hij op Vashon Island in Seattle woont, dat zijn vader manager is bij Boeing, dat ze een vakantiehuis aan de Sound hebben, dat hij gek is op zeilen en ik dan? Ik kan zijn bieradem ruiken, zo dicht staan we bij elkaar. Van alle kanten dringen er mensen tegen ons aan, zodat we nog dichter bij elkaar komen te staan. Ik hoor mezelf in Camerons oor schreeuwen dat wij in Yarrow Heights wonen en dat we een paar dagen bij vrienden hier in de buurt logeren. Informatie als de naam van mijn vader of van die vrienden geef ik niet, want die vriend van mijn vader is vrij bekend (niet bekend van sport of de tv, zoals mijn vader, maar van hightech computerpatenten). Cameron maakt het allemaal niet uit, hij kan me toch niet verstaan en als hij al iets hoort, maakt het geen indruk op hem. Hij is in een opgewonden feeststemming en hangt glimlachend over me heen.

'Ik haal even een biertje voor je, Fran – zei je nou Francesca? Wat een mooie naam.' Ik vertel hem niet dat ik bier vreselijk vind, de geur alleen al. En de scherpe, stekende smaak waarvan ik moet niezen. En ik vertel hem al helemaal niet dat mijn ouders door het lint zouden gaan als ze wisten dat ik op een feestje was waar wordt gedronken. Maar hoe gaan die dingen? Ik heb ze echt beloofd dat ik 'niets met alcohol' zou drinken en niet zou 'experimenteren' met drugs in welke vorm dan ook, maar nu ik hier sta op een feestje met mensen die ik niet ken en die jaren ouder zijn dan ik, zijn al mijn beloftes en voornemens als sneeuw voor de zon verdwenen.

Cameron pakt mijn hand en trekt me ergens mee naartoe. De muziek is nu zo hard dat het lijkt of we in het oog van een tornado zitten. Gaaf! Ik ben nog nooit op zo'n cool feest geweest. Cameron praat tegen me en ik lach en zeg ja. Ik weet niet waar we het over hebben maar grappig is het wel. Hier sta ik dan, op een feestje met een jongen van misschien wel achttien die ik niet eens ken, maar het klikt enorm tussen ons en overal zijn mensen aan het dansen. Ze hopsen en giechelen en draaien en je gaat vanzelf meedoen, gewoon een kwestie van een beetje kronkelen als een slang. Het lijkt wel of Franky Pierson een ander mens is geworden. Ik ben een compleet ander meisje geworden dankzij Cameron. Alsof hij, alleen maar door met zijn vingers te knippen, van mijn onhandige en onzekere ik een knap en sexy iemand heeft gemaakt. En ik kan ook dansen, soepel en lenig als een turnster. Ik wieg met mijn heupen en mijn armen en zwiep mijn haar van links naar rechts. Cameron staart; hij is duidelijk onder de indruk. Hij vindt het leuk dat andere, oudere jongens naar me kijken en ook onder de indruk zijn.

Ik vang een glimp op van de meisjes die me hebben meegenomen naar dit feest. Ze staan me aan te gapen alsof ze hun ogen niet kunnen geloven. Die Franky Pierson kan er wat van, zeg.

Misschien ben ik inmiddels wel dronken, maar wat maakt het uit. Ik zweef en ik swing en ik wil dat de muziek en het dansen voor altijd doorgaan.

'Fran-cesca. Wat een mooie naam.'

Cameron heeft me ergens mee naartoe genomen. Ik kan niet meer ophouden met giechelen. Mijn hoofd is een ballon die groter en groter wordt en op het punt staat te knappen, zo grappig. Het voelt als koolzuur dat in mijn neus opborrelt en me laat nie-nie-niezen.

De muziek is nu niet zo hard meer. Ik kan het nog wel horen, en ik voel het gedreun van de bassen, maar het is allemaal ergens in de verte.

Cameron mompelt dingen die ik niet kan verstaan.

We zijn in een kamer met een raam van de grond tot aan het plafond, je kijkt uit over het water, alleen is het nu donker. Ik ruik water, ik hoor water, maar ik kan het niet zien. Het is alsof ik op een duikplank sta met mijn ogen dicht, en plotseling niet meer durf, bang voor de val. Camerons vingers zijn pijnlijk sterk, ze boren zich tussen mijn ribben en tillen me op. Hij buigt zich voorover en begint me te kussen. Alleen is het geen nieuwe, eerste kus, maar een soort kus die al bezig is, een opdringerige, harde kus. Zijn tong duwt tegen mijn opeengeklemde lippen, alles gaat zo snel. Dit is toch wat ik wil, denk ik. Ik wil toch gekust worden? Ik kan me niet meer herinneren waar ik ben of wie Cameron is. Maar ik weet wel dat ik hem terug moet kussen. Zo hoort dat namelijk. Dat je terug kust. Ik giechel en ril en ik krijg een raar gevoel, alsof delen van mijn lichaam gevoelloos worden. Mijn vingers en tenen zijn vreselijk koud. Is het paniek? Ik kus Cameron, want ik wil niet dat hij merkt hoe bang ik ben, en hoe jong. Zijn mond voelt vlezig en warm aan en zijn harde, ervaren handen glijden over mijn lichaam. In een vreemde flits zie ik mijn broer Todd voor me die aan het trainen is met zijn gewichten, die zich opdrukt, hijgend en proestend zwoegt op de loopband, met een olieachtig laagje zweet op zijn gezicht. Als je op zo'n moment iets tegen hem zegt, hoort hij je niet eens, zozeer is hij geconcentreerd op zijn lichaam. Net als Cameron op dit moment. Mijn lichaam kan niet bepalen of het wordt gekieteld, of geliefkoosd, of iets anders. Iets minder leuks.

'C-Cameron? M-moeten we niet...'

'Rustig maar, schatje. Je bent zo sexy, zo opwindend.'

Dit is niet de eerste keer dat ik gekust word, maar het is wel de eerste keer dat een oudere jongen, een ervaren jongen het doet. Iemand die ik niet ken en die schatje tegen me zegt op een toon alsof hij is vergeten hoe ik heet. Hij schuift mijn topje omhoog en raakt mijn borsten aan. De plek waar ik het slechtst tegen kietelen kan. Ik moet zo giechelen dat ik buiten adem raak. Camerons gezicht is heet, alsof hij heel hard heeft gerend en ik denk: wil ik dit wel? Is dit echt wat ik wil? Ik probeer me te herinneren wat ze me verteld hebben over safe seks en ik denk: seks? Dit is het dus... seks?

'Cameron, ik wil eigenlijk liever niet...'

'Doe niet zo flauw, schatje. Je wilt best.'

Ik ben bang, maar tegelijkertijd opgewonden. Tenminste, dat zal het wel zijn wat ik voel: opwinding. Ik geloof althans niet dat ik nog dronken ben, hoewel mijn maag wel draaierig en misselijk aanvoelt. Mijn haar hangt in mijn gezicht; mijn paardenstaart is zeker los gegaan. Cameron trekt eraan en kust me opnieuw, knauwend met zijn mond. Ik probeer hem weg te duwen, maar hij wijkt geen millimeter. Alles gaat nu te snel; het voelt alsof ik onder water verdwijn en inadem en in plaats van lucht water binnen krijg. Het voelt als het moment waarop de paniek toeslaat en je met wiekende armen vecht voor je leven.

Cameron duwt me neer. Niet op een bed of een bank, het voelt meer als een tafel. Het is hard en de rand snijdt in mijn dij. Hij zegt nog steeds schatje, maar het klinkt nu niet meer vriendelijk. Alsof hij een dier lokt dat hij pijn wil doen. En hij doet ook alsof hij bedonderd wordt, alsof ik een grap met hem uithaal. Hij duwt me omlaag, heeft zijn rits losgemaakt en hijgt en trekt onhandig aan mijn short alsof het hem geen donder kan schelen als die scheurt. Ik wil schreeuwen maar hij duwt zijn arm tegen mijn keel aan. 'Ophouden met die gein, verdomme. Vuile...'

Ik spartel uit alle macht tegen en probeer te schreeuwen. Ik weet niet meer wat ik moet doen.

En dan, plotseling, weet ik het toch. Alsof er een lucifer opvlamt. Mijn knie gaat keihard omhoog. Recht in het midden, recht zijn kruis in. Hij geeft een gesmoorde schreeuw en wordt plotseling slap – in een oogwenk is het gebeurd. 'Laat me met rust! Ga van me af!' zeg ik. Ik lig nog steeds op mijn rug, maar schop als een waanzinnige om me heen, alsof ik door het zwembad schiet met alleen mijn benen, die sterk zijn door jaren zwemmen en hardlopen. Ik lijk misschien een mager scharminkel, maar ik ben wel sterk, op een katachtige manier. Cameron ligt met zijn hele gewicht op me, maar toch lukt het me onder hem uit te glijden terwijl ik hem sla waar ik hem maar kan raken en bijt. Echt bijt!

Volgens mij maakt dit hem bang. Hij kreunt en vloekt terwijl hij zijn handen beschermend tussen zijn benen houdt. Hij staart me aan. 'Gevaarlijke gek. Je zou jezelf moeten zien, met die enge groene ogen. Freak!'

Er komt een ongecontroleerde lach in me omhoog. Dat heeft hij goed gezien.

Ik ben nu los en vlucht weg. De kamer uit, door een gang, langs potten met varens en een muur met Indiaanse maskers. Ik lijk wel een wild dier dat een uitweg zoekt uit een doolhof. Daar! Een deur. Plotseling sta ik in de frisse lucht en ben ik veilig.

Het is donker en mistig. Ik kan de Puget Sound ruiken terwijl ik met grote teugen de lucht inadem, alsof ik bijna was verdronken.

Maar ik ben veilig.

Ik kan goed hardlopen. Hardlopen doe ik bijna net zo graag als zwemmen. Langs de kustweg ren ik terug naar huis, terwijl ik oppas voor passerende auto's. Mijn haar staat alle kanten op en in de ogen van voorbijgangers zie ik er waarschijnlijk uit als een maniak, maar ik voel me geweldig. Het is niet wat je zou verwachten, ik denk niet eens: o shit, ik ben bijna verkracht. Ik denk alleen hoe blij ik ben en wat een geluk ik heb gehad. Mijn moeder had meer geluk dan wijsheid op mijn leeftijd, maar ik heb, volgens mij, geluk én wijsheid. Ik heb me verzet tegen mijn aanvaller en die kon niet tegen me op. Ik heb hem een knietje gegeven, ik heb hem geschopt en gebeten. Ik ben ontsnapt. En ik heb niet eens de tijd gehad om bang te zijn. Hij was een hufter, maar ook laf en ik wed dat hij nu bang is dat ik mijn ouders ga vertellen wat er is gebeurd en dat hij problemen krijgt.

Nou, dat ga ik niet doen. Ik ben ontsnapt en dat is voor mij genoeg.

Een freak met groene ogen, noemde hij me.

Nou, Freaky Groene Ogen heeft wel mooi mijn leven gered.

18 april: het feestmaal

Het goede nieuws was dat mijn vader een nieuw contract had getekend met een tv-zender. Het iets minder goede nieuws dat mijn moeder er niet was om het met ons te vieren, zoals anders.

'Ik heb hier hard voor gewerkt,' zei mijn vader, 'en ik vind dat ik het verdiend heb. Ik ben er enorm blij mee. Wat ben ik toch een gezegend mens. En jullie, jongens...' We waren dol op mijn vader, wanneer hij zo was, wanneer onze ribben kraakten van zijn omhelzingen. 'Nou ja, wat ik maar wil zeggen is dat er niets boven je eigen gezin gaat. Voor een man is zijn gezin alles. Vergeleken met je gezin is bekendheid niets waard. Wat maakt het uit wat de buitenwereld van je vindt? Waardigheid, respect; dat vind je allemaal in je gezin. Wij Piersons houden van elkaar, we laten elkaar niet los. We zijn een team.'

Mijn vader sprak met de warme, licht trillende stem die hij altijd op tv gebruikte als een atleet of een team iets fantastisch had gepresteerd. Doordat hij zelf een footballster was geweest, kon hij zich beter dan de meeste verslaggevers inleven in sportmensen. Hij had een aantrekkelijke, jongensachtige en toch doorleefde uitstraling en met zijn glimlach, die van het scherm afspatte, was hij de held van alle sportfans. Als we hem op tv zagen konden we gewoon niet geloven dat hij echt onze vader was.

Neem nou mijn tiende verjaardag: mijn vader was op tv om een wedstrijd in Florida te verslaan en mijn moeder had een grote bak popcorn gemaakt. Mijn grote broer Todd, mijn zusje Samantha, mijn moeder en ik zaten met zijn allen voor de tv in de huiskamer en daar had je Reid Pierson, knap en stralend als altijd. Net voor de rust knipoogde hij naar de camera en zei: 'Gefeliciteerd, Franky!' Hij zei het heel snel en het was zo gauw voorbij dat behalve wij waarschijnlijk niemand het gehoord had.

Gefeliciteerd, Franky.

Natuurlijk was ik trots, ik ben ook maar een mens. Het was nog leuker geweest als mijn vader thuis was gebleven op mijn verjaardag, maar het maakte veel goed dat Reid Pierson mijn vader was en dat hij op tv naar me kon knipogen en me feliciteren.

Mijn vader hield van feesten. Hij noemde het zijn Goed Nieuws Fiësta's. Er was altijd wel reden voor een feestje, met bijvoorbeeld een enorme Chinese rijsttafel. Dan hing mijn vader aan de telefoon en bestelde genoeg eten voor een compleet footballteam. Als mijn moeder in de buurt was lachte ze (soms een beetje ongemakkelijk) en zei: 'Maar lieverd, wie moet dat allemaal opeten?'

Maar vandaag was mijn moeder er niet. Ik wist dat mijn vader pissig was, want ik had ze die ochtend de kwestie horen 'bespreken'. Waarschijnlijk wist mijn vader toen al dat dat contract eraan zat te komen, maar tegen ons had hij geen woord gezegd. In de mediawereld had je geheimhoudingsplicht tot bepaalde dingen officieel openbaar waren gemaakt. Maar hij was er dus helemaal niet blij mee dat mijn moeder naar een kunstnijverheidsbeurs in Californië ging. Niet alleen omdat ze dan niet bij het feestje zou zijn, maar ook omdat hij het maar niks vond dat zijn vrouw omging met die 'knutselaars'. Volgens hem waren het allemaal vrouwen in de overgang en flikkers – types, kortom, van een inferieur soort.

Hij had mijn moeder het liefst gedwongen de zaak af te zeggen, net als de vorige keer, in januari, toen ze naar Vancouver zou gaan. Toen was er niet eens sprake geweest van een Goed Nieuws Fiësta, maar wilde hij gewoon dat ze dat weekend thuis was. Hij moest voor zijn werk zoveel reizen, had hij gezegd, dat hij erop moest kunnen vertrouwen dat mijn moeder thuis was als hij thuis was. 'Dankzij mijn baan kunnen we dit leven leiden, schat. En dat is toch wat je graag wilt?'

'Natuurlijk, Reid,' had mijn moeder haastig gezegd. 'Dat weet je toch...'

'Het minste wat ik van mijn vrouw mag verwachten is steun, toch zeker?'

'Je hebt gelijk, Reid.'

'Heb ik gelijk met een kus erop?' Dat zei mijn vader altijd tegen ons. We moesten erom lachen: het was niet genoeg om hem gelijk te geven (ook als hij niet voor honderd procent gelijk had), maar je moest hem ook nog een kus op zijn wang geven.

Mijn moeder had lachend toegegeven. Meestal was mijn vader zo grappig dat je wel toe móest geven.

Je zou verwachten dat hij ons vaak mee op reis zou nemen, maar dat was niet zo. Alleen in de zomervakantie, een week of twee, drie. Omdat hij het altijd zo druk had en de concurrentie op tv 'moordend' was (bij dit woord haalde hij met een zeker genoegen zijn hand langs zijn keel, alsof hij het gevoel van een onzichtbaar scheermes wel prettig vond), had hij weinig vrije tijd. Daarom vond hij het ook niet goed als mijn moeder met Samantha en mij een paar dagen naar mijn opa en oma in

Portland wilde. Er is waarschijnlijk ooit iets voorgevallen tussen mijn vader en de Connors, want de familie van mijn moeder kwam haast nooit bij ons langs in Seattle. Er kwam sowieso nooit iemand bij ons logeren, behalve een enkele keer vrienden of zakenrelaties van mijn vader. Mijn vader was in zijn hart waarschijnlijk een beetje ouderwets. Hij vond het gewoon niet prettig als er iemand van het gezin ver weg was. Toen Vicky, de zus van mijn moeder, een paar jaar geleden met dysenterie moest worden opgenomen in een ziekenhuis in Mexico City, zei mijn vader: 'Zie je nou wat er gebeurt als je buiten de Verenigde Staten komt? Vooral als je een ouwe vrijster bent.' Zelfs als mijn vader een grapje maakte, bleef hij ergens nog serieus.

Ik vroeg mijn broer Todd waarom mijn vader zo moeilijk deed als mijn moeder een paar dagen weg wilde. 'Ze gaat toch niet naar het andere eind van de wereld of zo? Ze komt toch zo weer terug.'

Maar Todd koos altijd de kant van mijn vader. 'Papa wil gewoon dat ze thuisblijft,' zei hij met die oudere-broer-uitdrukking op zijn gezicht. Alsof daarmee alles gezegd was.

Maar goed. Mijn moeder was die ochtend dus naar Santa Barbara vertrokken. Op het moment van de Goed Nieuws Fiësta zat ze vijftienhonderd kilometer ten zuiden van Seattle. Toen ze naar huis belde, klonk ze schuldig als een meisje dat iets stouts heeft gedaan. 'Het is hier gewoon zomer, moet je je voorstellen,' zei ze. 'De oceaan glanst, het is prachtig. Ik heb zojuist met mijn blote voeten over het strand gelopen...'

Bij ons was het koud, mistig en grauw, alsof over alles een plakkerig laagje lag. Karakteristiek voorjaarsweer voor onze streek.

Ik vond mijn vaders Goed Nieuws Fiësta's altijd leuk, maar

toch wilde ik dat ik met mijn moeder mee had gemogen.

Voor één keertje maar! Alleen maar naar de beurs in Santa Barbara. En dan hadden we hem kunnen smeren om met blote voeten over het strand te lopen...

Aan de telefoon zei mijn moeder aarzelend: 'Doe je de groeten aan papa? Geef hem maar een kus van me. Ik kan hem niet bereiken op kantoor of op zijn mobiel. En e-mail wil hij alleen ontvangen als het om zaken gaat. Maar hij weet wel dat ik trots op hem ben... hè Francesca?'

'Ja hoor, mam, ik zal het hem zeggen.'

Er was iets raars aan dat gesprek, maar op dat moment wilde ik er niet over nadenken. Er had een haast onhoorbare trilling in mijn moeders stem gezeten. Alsof ze me om iets smeekte. Maar om wat?

'Dag schat.'

'Dag mam.'

Dat was meestal onze afscheidsgroet. Mijn moeder en ik vonden het moeilijk om iets liefs te zeggen; zelfs als we het meenden moest het nog luchtig klinken.

Toen ik mijn moeders boodschap die avond aan mijn vader wilde overbrengen, wuifde hij mijn woorden weg. 'Oprechtheid voor alles, Fran-ces-ca. Nu je moeder er niet is, hebben we tenminste ruimte voor wat integriteit in dit huis.'

Mijn vader noemde me meestal Franky. Als hij me zo nadrukkelijk Francesca noemde, was dat om de spot te drijven met mijn moeder, die me altijd Francesca noemde en nooit Franky.

Todd hoorde het en grinnikte. Hij wist waar mijn vader mee bezig was. Samantha hoorde het ook en keek van de een naar de ander. Ze was te jong om te begrijpen wat er achter de schermen speelde in ons gezin en ze begreep niet wat er aan de hand was.

(En wat ik dacht? Ik probeerde niets te denken. Als ik lachte om papa's opmerking, betekende dat verraad aan mijn moeder. Als ik fronste, zou papa daaruit opmaken dat ik het niet grappig vond. Ik bleef ijzig neutraal kijken.)

Ik hield dus mijn mond. En Samantha hield haar mond. Mijn vader was in een uitgelaten stemming die plotseling, zo wisten we, kon omslaan in iets heel anders, net als die enge bosbranden die je op tv ziet als de Santa Ana-wind waait en huizen en duizenden hectares bos in vuur en vlam zet.

Todd, die voor het weekend was thuisgekomen, vulde de stilte op.

'Gefeliciteerd, pap! Een van de jongens uit mijn team liet me het artikel uit USA *Today* zien. Gaaf, man!' Samantha en ik stortten ons op het stuk dat Tod uit de krant had gescheurd. Mijn vader wees op een tekst in een kadertje uit de *Seattle Times* van die ochtend:

> De populaire sportverslaggever Reid Pierson heeft een vijfjarig tv-contract getekend. Hij gaat daarmee een salaris ontvangen dat zijn manager omschrijft als 'fors, maar niet meer dan Reid Pierson waard is'. Pierson zal het team van tv-verslaggevers aanvoeren dat komend jaar de Olympische Zomerspelen zal verslaan.

'De wereld ligt voor ons open, jongens,' zei mijn vader tevreden. 'Jullie mogen allemaal mee.'

Toen ik nog klein was, geloofde ik dat mijn vader me echt zou meenemen op een van zijn reizen. Misschien geloofde Samantha het nog steeds – ze was tenslotte pas tien. Todd en ik wisten dat dit gewoon papa's manier was om ons blij te maken; het was niet de bedoeling dat je zijn woorden letterlijk nam.

Of misschien dit keer toch wel?

'Het feestmaal kan beginnen. Franky?'

Zoals gewoonlijk had mijn vader genoeg eten voor een compleet peloton laten aanrukken. Hij vertelde vaak dat hij als kind 'honger had geleden', waarmee hij volgens mij bedoelde dat zijn jeugd in Moose Lake, Washington, niet erg prettig was geweest – en dat wilde hij nog steeds inhalen. Nu mijn moeder er niet was, ging ik over de keuken, nou ja, over de magnetron. Samantha en ik speelden voor serveerster en brachten de stomende schalen binnen. Als mijn moeder er was geweest, had ze het eten in verschillende gangen binnengebracht, maar mijn vader wilde alles tegelijk op tafel zien: pekingeend, nasi met garnalen, sesam-mie, pikante kip, rundvlees met knoflooksaus, zoetzuur varkensvlees, kip met citroen, een gezinsportie gefrituurde garnalen en dan nog zilvervliesrijst en een grote schaal Chinese groenten. Voor Samantha en mij was er verder Chinese thee (die we vonden smaken naar vieze sokken) en mijn vader en Todd dronken Chinees bier. Het was feestelijk, maar ook een beetje ongemakkelijk.

Dat we hier maar met zijn vieren zaten te eten, zonder mijn moeder, voelde niet goed. En mijn vader bleef er maar sarcastische opmerkingen over maken: 'Een gezinsportie garnalen! Nou ja, dan doen we maar gewoon of we een gezin zijn.'

Konijn, onze Jack Russell-terriër, zat ergens anders in huis opgesloten en af en toe kon je hem horen janken. Arm Konijn! Hij had nooit rust als mijn moeder er niet was. Samantha en ik waren dol op hem, maar hij was toch vooral mama's hond. Om de een of andere reden mocht mijn vader Konijn niet. Hij beweerde dat Konijn hem op de zenuwen werkte, dus we moesten hem uit de buurt houden wanneer mijn vader thuis was. Ik zat te wachten tot mijn vader zou vragen wat dat geluid toch was en een sarcastische opmerking zou maken over mijn moeder die haar geliefde huisdier niet had meegenomen, maar hij zei niets.

Zoals altijd als we in de huiskamer aten, zette mijn vader de tv aan zodat hij en Todd sport konden kijken. Op onze gigantische beeldbuis, die de helft van de muur in beslag nam, verscheen een bokswedstrijd. Gelukkig voor Konijn overstemde het geluid zijn gejank.

'Zo hé! Moet je kijken.'

Twee jonge lichtgewichten met stalen spieren bewerkten elkaar met hun vuisten. De ene was een zwarte man met een angstaanjagende gezichtsuitdrukking, de andere een *Hispanic* met een ernstig opgezwollen oog. Het was vreemd om te zitten kijken naar twee mannen die uit alle macht bezig waren elkaar pijn te doen, terwijl wij op drie meter afstand Chinees zaten te eten. Mijn vader zette het geluid harder, zodat de huiskamer gevuld werd met het gebrul van het publiek.

Mijn moeder had dit niet leuk gevonden. Een andere sport, oké, basketbal of honkbal of zo, maar niet boksen. Mijn vader keek eigenlijk nooit naar boksen; hij versloeg geen bokswedstrijden en het was sowieso niet het soort sport waar Reid Pierson zich mee bezighield. Hij had er bovendien een hekel aan om sportcommentatoren van concurrerende zenders te moeten aanhoren, vooral als ze zelf nooit topsport hadden beoefend. Dan had hij het over 'bedriegers' en 'leugenaars', die hun baan niet, zoals hij, aan zichzelf te danken hadden.

'Dit wordt echt vechten,' zei mijn vader opgewonden. 'Het zijn dan misschien lichtgewichten, maar ze hebben het hart van een zwaargewicht. Weten jullie wat ik daarmee bedoel, meisjes?'

Aan Todd hoefde hij dat niet te vragen. Als sporter van tachtig kilo bij een lengte van één meter tweeëntachtig, wist Todd natúúrlijk waar mijn vader het over had.

Samantha had uiteraard geen idee. Ze had met haar eten zitten spelen en schudde nu haar hoofd. 'Ik weet het niet, pap...'

En ik, ik klonk met mijn kant-en-klare antwoord als Groenoog: 'Hart betekent in dit geval grote moed. Een sporter heeft hart als hij niet opgeeft, hoe erg zijn blessures ook zijn.'

Onze trainer op Forrester moedigde ons altijd aan om aanvallend te zijn. Freaky Groene Ogen was van nature al aanvallend, al liet ze dat niet altijd merken.

Hoe dan ook, mijn vader was tevreden met mijn antwoord. Als sterspeler bij de Seahawks had Reid Pierson vaak genoeg laten zien dat hij 'hart' had. Hij was een keer kronkelend van de pijn het veld afgedragen met een gescheurde pees in zijn kuit.

'Precies, Franky. Maar het kan ook een zij zijn. Een vrouw kan ook "hart" hebben. Of bezwijken onder de druk en haar team laten zitten. Niet alleen mannen kunnen helden of lafaards zijn, schat. Vrouwen net zo goed.'

Mijn vader sprak op de indringende toon die hij aansloeg als hij een diepere betekenis wilde overbrengen. *Je team laten zitten, of je gezin. Dat kwam op hetzelfde neer.*

Ik kreeg de Freaky-aandrang om mijn moeder te verdedigen – hé, mama is helemaal geen lafaard! – maar de woorden bleven in mijn keel steken. Dit was mijn vaders feestje. Zijn moment. En misschien, heel misschien, was ik ook wel een beetje bang voor mijn vader.

Maar goed. Ik wist dus hoe het zat met 'hart'. Alles geven en dan nog wat meer. Op school deed ik aan allerlei sporten: voetbal, atletiek, zwemmen en duiken. Ik was volgens mij een goede zwemmer, maar een onvoorspelbare duiker; soms uitstekend en soms iets minder. De duikcoach van Forrester had gezegd dat ik, tegen de tijd dat ik in de bovenbouw zat, een van de besten zou kunnen zijn. Als ik tenminste bleef trainen.

Toen ik klein was, was ik dol op sporten. Als je klein bent is alles gemakkelijker. Zodra je op de middelbare school komt, wordt bij een team horen het belangrijkste dat er bestaat. Soms trainde ik met zwemmen en duiken tot ik erbij neerviel, omdat ik wilde dat mijn vader eens trots op me zou kunnen zijn. Mijn moeder zei altijd dat ik niet moest overdrijven, maar ja, wat wist zij er nou van?

'Dus, Sammie, begrijp je nou hoe het zit? Hoe belangrijk het is om "hart" te hebben?'

Samantha knikte snel. 'Ja, pap.'

Waarschijnlijk had ze geen idee waar we het over hadden. Ze was pas tien en had een dromerig, lief en verlegen karakter en prachtige donkere ogen die niemand ooit 'freaky' zou noemen. Tijdens het eten was ze nog stiller geweest dan normaal. Waarschijnlijk miste ze mama en dacht ze aan die arme Konijn die ergens in huis in zijn eentje zat te janken.

Mijn vader zei dat we nog wat van dat 'heerlijke eten' moesten nemen. Samantha sputterde zwakjes tegen, maar mijn vader schonk er geen aandacht aan, prikte stukken vlees aan de punt van zijn mes en liet ze op haar bord vallen. Er waren nog bergen nasi en koud geworden sesam-mie waarop het vet was gestold tot een glibberig laagje. Ik hoopte dat ik van mijn vader niet nog meer hoefde te eten; ik moest al bijna overgeven. Todd had zoals altijd een gezonde trek. Hij was elke dag uren aan het trainen, dus hij had koolhydraten en proteïnes nodig voor zijn spieren. Zelf was ik een kieskeurige eter en Samantha at altijd maar kleine porties. Toen we aan tafel gingen dacht ik dat ik best honger had, maar van die zoete, stroperige Chinese gerechten raakte je snel vol.

'Dit is ons feestmaal, meiden. Jullie moeder kon er niet bij zijn, maar wij wel, hè? Wij gaan dit heerlijke eten niet weggooien.' Ik wilde vragen of we niet wat voor morgen konden bewaren, en voor overmorgen, en voor de dag erna, maar ik wist wel dat dat geen goed idee was; mijn vader hield niet van 'wijsneuzen'. 'Ik vind de champignons het lekkerst,' zei ik dus maar en schepte er nog een paar op mijn bord, boven op een bergje rijst. Samantha was niet zo uitgekookt; ze keek met afgrijzen naar het bord dat mijn vader in haar richting schoof. Toen ze aarzelend op haar lip beet, schepte mijn vader nóg meer varkensvlees in zoete saus op haar bord en nóg meer mierzoete citroenkip. Samantha stond zo te zien op het punt in huilen uit te barsten.

Normaal gesproken trok Todd zich niets van zijn zussen aan, maar nu leek hij medelijden met Samantha te hebben. In elk geval leidde hij mijn vaders aandacht af met de bokswedstrijd. 'Hé pap, moet je zien!' De donkere bokser deelde slagen uit aan de Hispanic, zodat die zich achterwaarts door de ring moest terugtrekken. Plotseling viel hij op de grond, plat op zijn rug op het helder verlichte canvas. De scheidsrechter telde over hem heen gebogen af, in een vreemde stilte; mijn vader had het geluid zacht gezet. 'Volgens mij is hij knock-out,' zei mijn vader. 'Goed gedaan.'

Terwijl mijn vader naar de tv keek, ruimde ik af. Handig nam ik het bord van Samantha met de andere mee naar de keuken, zonder dat mijn vader het merkte. Ik liet de gootsteen vollopen om de vaat te spoelen voordat die in de afwasmachine ging. Nu ik niet in de huiskamer was, kon ik mooi even bij Konijn kijken, die in de slaapkamer gek werd van eenzaamheid. 'Arm Konijntje, je mag er zo meteen uit. Echt.' Ik had mijn vader voor het eten mobiel horen bellen en wist dat hij straks weg zou gaan voor een borrel. Konijn likte aan mijn handen en kwispelde als een gek met zijn staart. Ik bedacht hoe triest het eigenlijk was om een hond te zijn, een stom beest, en om niet te begrijpen dat de persoon die op de wereld het meest van je hield, in dit geval mijn moeder, echt bij je terug zou komen.

Mijn vaders feestmaal was natuurlijk niet af zonder ijs en Chinese gelukskoekjes. Grote bakken karamel- en butterscotch-ijs. Toen ik met de schaaltjes op een blad de kamer in kwam, ging de telefoon. Dat zou mijn moeder wel zijn.

We wachtten tot mijn vader zou opnemen. Todd krabde zenuwachtig in zijn nek. Maar mijn vader deed of hij niets hoorde en keek naar de herhaling in slowmotion van de knock-out. Toen de telefoon drie of vier keer was overgegaan, wilde ik hem opnemen, maar mijn vader stak zonder zich om te draaien zijn hand op. 'Fran-ces-ca, waar zijn je manieren? Geen telefoon tijdens het eten.'

'Maar pap, misschien is het...'

'...is het mama.'

Samantha en ik spraken tegelijk.

Aan de manier waarop mijn vader de spieren in zijn kaken spande, kon ik zien dat hij het onderwerp als afgesloten beschouwde. Hij zei niks en bleef tv-kijken, terwijl de telefoon nog een keer overging en toen overschakelde op de voicemail, die we niet konden horen.

Ik was ongedurig en gestrest. Ik wíst gewoon dat het mijn moeder was. Wat zou ze wel niet denken? En wat zou ze voor bericht inspreken? 'Jammer dat jullie er niet zijn. Jullie zitten vast bij de Chinees. Nou ja, ik probeer het later nog wel een keertje. Kus!'

Ik verwachtte dat het boksen nu wel eens afgelopen zou zijn, maar de herhalingen gingen maar door, vanuit verschillende hoeken en zelfs van bovenaf. Het rechteroog van de Hispanic was dicht en opgezwollen en zijn gezicht glom van het bloed. Het zag er afschuwelijk uit en de close-ups lieten niets aan je verbeelding over. De tweeëntwintigjarige bokser was niet alleen gewond, maar werd ook vernederd.

Samantha zat bleekjes naar de telefoon te staren.

'Hé pap,' zei Todd plotseling, 'misschien kan ik ook gaan boksen. In een team lopen al die anderen je altijd in de weg.'

'Jij? Boksen?' zei mijn vader. 'Daar ben je te traag voor, joh. Je hebt de bouw van een footballspeler, net als je vader.'

'Maar je zei dat ik een zwaargewicht was...'

'Je hebt de juiste aanleg niet, Todd. Je mist de reflexen en de drive. Die boksers willen maar één ding: winnen. Het zijn killers. Jij hebt een veel te makkelijk leventje gehad. Je bent een rijk blank jongetje.' Dit was typisch mijn vader: plotseling keerde hij zich tegen een van ons alsof hij al die tijd alleen maar gespeeld had dat hij ons fantastisch vond. Ik kreeg kippenvel van de manier waarop hij 'rijk, blank jongetje' zei.

'Je bent hoe dan ook te oud om nog bokser te worden, joh,' zei mijn vader.

'Maar ik ben net twintig!'

'Ja, te oud dus. Boksers beginnen op hun veertiende of vijftiende met trainen. Of jonger.'

'Ik kan het ook nog wel leren,' zei Todd koppig. 'Volgens mij kan ik het best.'

Het was niet slim om met mijn vader in discussie te gaan, en al helemaal niet als het over sport ging. Ik weet niet waarom Todd erover door bleef zeuren. 'Je hebt geen killerinstinct, Todd,' zei mijn vader. 'Zelfs middelmatige boksers moeten dat hebben. Bij football is dat anders, daar zit je met zijn allen in een team. Je bent elkaars kameraad.' De stem van mijn vader kreeg een vaag spottende en verontrustende toon. 'Football is uiteindelijk maar een spelletje.'

Later zou ik met verbazing aan die opmerking terugdenken. Mijn vader was toch dól op football? Football was zijn leven. En nu zei hij dat het alleen maar een spelletje was.

Todd nam een flinke slok bier. Hij was rood en keek chagrijnig. Mijn vader zag het, lachte en kneep goedkeurend in Todds bovenarm. 'Je bent prima in vorm, joh. Ik ben trots op je. Volgend najaar gaan er in jouw leven dingen veranderen, let op mijn woorden.'

'Ja hoor, pap,' mompelde Todd.

'Boksen is geen sport voor jongens uit Yarrow Heights. Ik zou je verbieden om die ring in te stappen. Weet je waarom?'

Todd haalde zijn schouders op. 'Nou, waarom dan?'

'Omdat ik je vader ben en van je hou.'

Ik ben je vader en ik hou van je.

Mijn vader keerde zich naar Samantha en mij die sip toekeken.

'Franky-meid, Sammie, van jullie hou ik ook. Als jullie lief zijn, tenminste, en niet stout.'

We lachten alsof hij ons kietelde. Bijna kon ik voelen hoe mijn vaders sterke vingers over mijn ribben heen en weer gingen en me lieten gillen van het lachen.

We hadden al een poos geen straf meer van mijn vader gekregen. Je zou haast vergeten dat dat ooit anders was geweest.

En dan de gelukskoekjes. We maakten ze één voor één open en lazen de voorspellingen voor terwijl mijn vader luisterde.

Eerst Todd. Met een hoge, nasale stem die een Chinees accent moest voorstellen las hij: 'Iemand die jou bewondert wacht op ontdekking.' Hij haalde zijn schouders op alsof het hem koud liet. 'Geinig hoor.'

'De tijd zal het leren,' zei mijn vader alsof hij een Chinese wijsheid debiteerde.

Samantha brak haar koekje open en tuurde naar de kleine rode lettertjes. 'Je brengt allen vreugde en tevredenheid.' Verlegen keek ze naar beneden.

'Klopt,' zei mijn vader. 'Iemand heeft jou door.'

Mijn tekst luidde: 'Een kalme geest brengt de rust terug.'

Hardop herhaalde ik: '"Een kalme geest brengt rust." Nou, leuke voorspelling.'

'Maar wel wijs,' zei mijn vader streng. 'Iemand houdt jou in de gaten, Fran-ces-ca.'

Wat bedoelde hij daarmee? Vond hij dat ik voor problemen zorgde?

Heel even vroeg ik me af of mijn vader die tekst in mijn koekje had gestopt, om me terecht te wijzen. Misschien voelde hij hoe Freaky Groene Ogen tekeerging in mijn binnenste. Hij weet dat hij Freaky Groene Ogen niet in de hand heeft.

Mijn vader keek me indringend aan, alsof ik niet zijn dochter was, maar een of andere brutale roodharige vreemdeling van wie hij hoogte probeerde te krijgen...

Maar Freaky is niet echt, wilde ik zeggen. Freaky is maar een idee.

Mijn vader brak als laatste zijn koekje open en las de tekst voor met zijn luide tv-stem. 'Je gaat wijde wateren over.' Hij dacht even zwijgend na wat dat zou kunnen betekenen en glimlachte toen. 'De Stille Oceaan natuurlijk. En de Atlantische Oceaan. Wereldwijde uitzendingen met Reid Pierson en co. Heel goed.'

Ik zag op de schaal nog één eenzaam koekje liggen. Dat van mama.

Normaal bestelden we bij de Chinees altijd voor vijf personen, dus hadden ze er nu ook vijf koekjes bij gedaan.

Samantha, die het koekje nu ook in de gaten kreeg, wees er onschuldig op.

'Die is voor mama. Zullen we het voor haar bewaren?'

Mijn vader griste het koekje weg en probeerde te glimlachen.

'Nee Sammie. Nu je moeder er niet is, moet iemand haar maar vertegenwoordigen.'

Hij scheurde het papiertje eraf, brak het koekje in tweeën, haalde de spreuk eruit en las met zijn tv-stem: 'Je gaat... wijde wateren over.'

Het bleef even stil. Todd en ik wisselden een nerveuze blik. Het was het eerste contact dat we sinds tijden hadden. Er kwam een vreemde uitdrukking op mijn vaders gezicht alsof hij beledigd werd, of misschien maakte hij een grapje – er zat een oplettend publiek te kijken hoe hij zou reageren. Hij lachte. 'Nou, dat is ook toevallig! De waarzegger was zeker door zijn ideeën heen, nu krijgen we herhalingen. Zo te zien delen jullie moeder en ik hetzelfde lot. Maar niet dezelfde toekomst.'

Mijn vader brak het koekje in stukjes en at het langzaam op. Ook wij aten onze koekjes. Ze waren oud en hadden niet veel smaak.

5 mei: de ruzie

Er staat iets te gebeuren.

Het ergste wat je je kunt voorstellen als het over je ouders gaat. En er is al iets gebeurd. Maar wat?

Die nacht lig ik in bed te luisteren.

Nee, ik lig niet echt te luisteren. Het onweert. De regen komt met bakken uit de hemel en mengt zich met mijn dromen.

Het gebeurt ergens in huis. Het klinkt gedempt, door de muren. Een harde stem. Mijn vader. Maar wel onder controle, en redelijk. *Je kunt toch? Waarom doe je niet? Ik waarschuw je.* Ik kan de woorden niet verstaan, maar de intonatie is duidelijk genoeg. En dan nog een stem, een zachtere. Hoog, als van een vrouw. Ik voel minachting voor die stem. De lagere stem rolt eroverheen, laat haar verdwijnen. Als donder die door de hemel rolt.

Ik zit rechtop in bed, wakker, en schop tegen de dekens. Het was alleen maar onweer. Nu slaat de regen tegen het glas. Ik heb een raam opengelaten en daar wordt de regen door naar binnen geblazen. De papieren op mijn bureau worden nat.

Het was niets, alleen maar onweer.

In de spiegel van de badkamer staart Freaky Groene Ogen me aan. Ik wil mijn klauwen in die ogen zetten.

De volgende ochtend kwam Samantha verlegen mijn kamer in. Ik keek verbaasd op, want op dit tijdstip is mijn kamer verboden terrein. Dan sta ik half aangekleed mijn haar te borstelen dat alle kanten op vliegt. 'Ik kon vannacht niet slapen omdat ik ze hoorde, Franky.'

Samantha keek me angstig aan. Ik zag haar oogleden trillen. Ik wilde haar knuffelen, vlug, en mijn gezicht verbergen in haar haar, zodat ze me niet kon zien.

Maar tegelijkertijd kon ik haar niet laten zien dat ik bang was. Ze had me al vaker gevraagd naar pap en mam, sinds mijn moeder dat weekend naar Santa Barbara was geweest. Ik had altijd gezegd dat er niets aan de hand was; dat er waarschijnlijk niets aan de hand was; je weet toch hoe papa is, hij is wel eens opvliegend maar het is altijd zo weer over; papa maakt het wel weer goed, papa houdt toch van ons. Aan de manier waarop Samantha naar me keek zag ik dat ik nu voorzichtig moest zijn. Ik maakte van de gelegenheid gebruik om haar haar te borstelen; dat was wel nodig. 'Je hebt je vast vergist, Samantha. Ik heb niets gehoord. Je hebt het zeker gedroomd.' Ik dacht even na. 'Misschien was het de donder. Het onweerde vannacht.'

De ochtendmist duwde tegen de ramen. Er waren wat coniferen zichtbaar en je kon vaag Lake Washington zien glanzen, maar verder was er niets te onderscheiden. Samantha's gezicht vertrok toen de borstel op een klit stuitte. 'Ik weet echt wel wat een droom is, Franky. Dit was geen droom, en het was ook geen onweer. Ik hoorde papa tegen mama schreeuwen. Hij zei...'

Ik duwde Samantha's warme, beweeglijke lichaam weg. Ik wilde mijn handen tegen mijn oren duwen om maar niets te hoeven horen, niet voor schooltijd. Niet op een drukke ochtend als ik toch al zoveel had om aan te denken.

'Vraag het maar aan mama,' hoorde ik mezelf zeggen. 'Vraag mama er maar naar. Het is allemaal haar schuld. Vraag het maar aan haar.'

Maar Samantha kon het niet. En ik ook niet. En mama zou toch niets hebben gezegd. Ze had alleen maar geglimlacht, met die dappere, koppige glimlach van haar. Die hele lente was ze benauwd, alsof haar hart te snel klopte, alsof ze had gerend.

Ik gaf inderdaad mijn moeder de schuld. Ze daagde mijn vader uit met haar gedrag. En mijn vader was nou eenmaal Reid Pierson; die móest wel reageren. Op tv was hij altijd supervrolijk, maar thuis... nou, daar kon hij behoorlijk humeurig zijn. Zo zat hij nu eenmaal in elkaar.

Het leek geleidelijk te gaan, of misschien was ik gewoon nog te jong om het op te merken. Maar toen ik in de vierde kwam, werd de spanning zichtbaar. Mijn moeder had geen zin meer om in het openbaar mevrouw Pierson te spelen. Ze had zich nooit op haar gemak gevoeld bij de enorme diners en recepties die de fondsenwervers organiseerden voor Reid Pierson en andere beroemdheden, met als enig doel om de kaartverkoop te vergroten; ze probeerde er grapjes over te maken, over hoe opgelaten ze zich voelde tussen die hordes onbekenden in smoking en galajurk, die allemaal zo graag Reid Pierson de hand wilden schudden en zijn handtekening bemachtigen, maar die dwars door Krista Pierson heen keken, alsof ze niet bestond. Toch was ze veertien jaar lang met mijn vader naar dat soort happenings gegaan en steeds had ze de rol gespeeld van Reid Piersons mooie echtgenote, Krista, die zelf ooit nieuwspresentatrice was geweest bij een tv-zender in Portland. En nu hoorde ik haar tegen mijn vader zeggen: 'Zeg, over dat feestje van vanavond. Ik heb er echt helemaal geen zin in, lieverd. Ik ben niet in de stemming voor al die mensen. Kan ik niet thuisblijven?' 'Nee,' zei mijn vader, 'dat kan niet, schat. We hebben namelijk een afspraakje, jij en ik.' Mijn vader deed of het een grapje was, of een spelletje. Alsof ze tafeltennis speelden in de huiskamer.

'Het is natuurlijk fantastisch dat jij in het zonnetje wordt gezet, en ik weet dat het voor een goed doel is, maar ik wil echt liever thuisblijven bij de meisjes en een beetje werken in mijn atelier. Morgen...'

'Krista, heb je enig idee waar het vanavond om gaat?'

'Het medisch centrum? Of eh, nee, de verenigde hulporganisaties?'

'Kijk even in je agenda,' zei mijn vader kil. 'dan weet je tenminste waar je over praat.'

'Lieverd, het maakt me niet uit wat de aanleiding is. Het zijn toch altijd dezelfde mensen die dezelfde dingen zeggen. De muziek staat veel te hard, iedereen drinkt te veel, en het is nooit voor elf uur afgelopen. Kan ik niet gewoon...'

Mijn vader klonk geduldig maar geïrriteerd. Ik trok me terug, wilde niet weten waar dit zou eindigen. Mijn hart begon harder en harder te bonken uit bezorgdheid om mijn moeder. 'Vanavond is de Ereburger Verkiezing van de *Seattle Times*. Er worden maar acht mensen verkozen. En het komt op de voorpagina, dat is niet zomaar iets, hoor. En het zou een heel vreemde indruk geven als Reid Pierson alleen kwam. Alsof zijn vrouw Krista geen donder om die prijs geeft.'

Mam protesteerde. 'Natuurlijk kan het me wel wat schelen, Reid. Echt. Ik ben heel trots op je. Maar geen mens zal me missen en dat is precies waarom ik vanavond thuis wil blijven. Ik ga koken voor de meisjes en dan gaan we met zijn drietjes lekker vroeg eten. We zien elkaar bijna nooit meer en straks zijn ze zomaar het huis uit, net als Todd. En dan is het hier leeg en zit ik...'

'Alleen? Met alleen maar je man?'

'Lieverd, jij bent altijd op pad. En als je al in de stad bent, ga je elke avond weg. Dat is toch geen leven? En het wordt alleen maar erger. Ik ben niet meer degene met wie je ooit getrouwd bent, ik ben geen tweeëntwintig meer.'

'Nee, inderdaad. Je loopt tegen de veertig. Dus ik zou maar dankbaar zijn met een man die het leuk vindt als je met hem in het openbaar verschijnt, die nog steeds verliefd op je is. Dat kunnen veel mensen uit onze omgeving niet meer zeggen.'

'Wat bedoel je daarmee, Reid?' vroeg mijn moeder. 'Is dat een dreigement?'

'Welnee, schat, waarom zou ik jou bedreigen? Heb ik jou ooit bedreigd, al was het maar met de waarheid?'

'Wat bedoel je daar nou weer mee?'

'Je bent een slimme vrouw, Krista, dus denk maar eens goed na. Jij met je nieuwe, artistiekerige vrienden die het blijkbaar allemaal zo veel beter begrepen hebben dan ik. Je zou bepaalde dingen toch moeten kunnen begrijpen.'

Het was even stil. Toen bewoog er wat. Ik hoorde een gedempt geluid en hoopte dat dat niet mijn moeder was die zat te huilen.

Ik was inmiddels weggevlucht en stond bijna buiten gehoorsafstand, maar hoorde toch mijn vaders stem nog, hard en boos nu. 'Waarom ben je in godsnaam met Reid Pierson getrouwd als je verdomme Reid Piersons vrouw niet wilt zijn?'

Ik drukte mijn handen tegen mijn oren. Zelfs Freaky Groene Ogen wilde dit niet horen.

De oversteek maken. Dat deed mijn moeder ook, afgelopen winter, voorjaar en zomer. Ik wilde het volgens mij niet weten. Ik wilde er niet over nadenken waar dit toe zou kunnen leiden. Hoe sommigen van ons gekwetst zouden worden. En in de steek gelaten.

29 mei: ruzie

Mijn moeder begon sjaals te dragen. Prachtige bontgekleurde zijden sjaals. En dassen. En blouses en truien met lange mouwen, die haar polsen verborgen.

Maar wat viel er te verbergen? Blauwe plekken op haar polsen, nek en bovenarmen? Felrode afdrukken van mannenvingers?

Ik kon het niet vragen. De woorden kwamen in mijn keel omhoog, maar bleven daar steken. Ik werd heel zwijgzaam als mijn moeder in de buurt was. En mijn moeder werd nog zwijgzamer tegen mij.

's Avonds laat lag ik slapeloos in bed en stuurde in gedachten e-mailtjes. Soms ging ik zelfs, een tikje wanhopig, mijn bed uit om mijn e-mail te checken. Meestal waren er geen berichten: ik controleerde mijn mailbox op een dwangmatige manier en antwoordde altijd meteen. Soms stuurde ik een berichtje naar Todd. Ik zou niet eens meer durven nagaan hoe vaak.

Hoi Todd,

Ik heb al een poosje niets van je gehoord. Hoop dat alles goed is daar. Ik vroeg me af of jij weet wat er (misschien) aan de hand is met papa en mama. Als papa iemand in vertrouwen neemt, ben jij het vast.

Franky

Of:

Hé Todd!
Even vragen hoe het is. Het is hier nogal stil. Papa is vier dagen
naar Atlanta (honkbal?).
Heb jij nog iets van hem gehoord?
Vroeg me af of jij misschien weet wat er aan de hand is tussen
pap en mam. Als er iets aan de hand is, tenminste.

Je kleine zus Franky

Zielig hè? Om zo te ondertekenen. Ik heb heel wat sneue dingen gedaan in die maanden.

Todd beantwoordde mijn mails nooit. En ik wist diep vanbinnen ook wel dat hij dat niet zou doen.

Je moet een oudere broer hebben om dat te kunnen begrijpen.
Vroeger, toen ik klein was, waren Todd en ik vrienden. Maar
toen werd sport zijn grote obsessie en ging al zijn vrije tijd
daarin zitten. Er gingen maanden, misschien wel jaren voorbij
waarin ik hem nauwelijks zag. Hij kwam binnenrennen en
nam alleen even tijd om te eten als mijn vader er was. Het hing
van Todds relatie met mijn vader af hoe het tussen hem en
mijn moeder en ons ging. Toen ging hij het huis uit, naar de
universiteit in Pullman, en kreeg een kamer in een studentenhuis. 'Reid Pierson komt hier in elke tweede zin ter sprake',
aldus Todd. Hij kwam alleen nog in de weekends thuis, en dan
had hij voor mij geen tijd.

Mam was niet Todds echte, biologische moeder. Misschien
verklaart dat zijn toenemende afstandelijkheid. Todds echte
moeder, papa's eerste vrouw, was lang geleden overleden en

niemand sprak ooit over haar. Dus misschien beschouwde Todd mam, Samantha en mij wel als halve familieleden, niet als volle.

Voor Todd deed in ons gezin alleen mijn vader ertoe.

In het begin klaagde mijn moeder glimlachend dat ze haar 'knappe, grote zoon' nooit meer zag. Todd nam haar nooit meer in vertrouwen; ze mocht niet meer in zijn kamer komen, of hem door zijn haar strijken of plagen. Als hij gedag zei, liet Todd zich omhelzen en zoenen, maar zelf stond hij erbij als een soldaat in de houding. In het afgelopen jaar was mijn moeder gestopt met grapjes maken. Als ze al over Todd sprak, klonk ze gekwetst en teleurgesteld.

Mijn moeder glimlachte de hele maand mei. Freaky wilde vragen of die glimlach soms zat vastgeniet op haar gezicht. En of dat pijn deed. Ik wilde vragen of ze in haar slaap nog zo lag te glimlachen. Als iemand haar wakker zou maken met een zaklamp, zou ze dan ook lachen? Dat wilde ik allemaal vragen, maar ik deed het niet.

Ik begon het haar kwalijk te nemen dat ze zo vreemd deed. Ik nam het haar denk ik kwalijk dat ik me zo'n zorgen maakte. Het is je moeder die zich zorgen moet maken om jou, niet andersom.

Het werd ongemakkelijk tussen ons. Wat mij betreft, althans. Ik was niet langer haar kleine Francesca; ze kon niet van me verwachten dat ik gezellig tegen haar aan kwam zitten, zoals Samantha. Ik wist wel dat ze de verandering in mijn gedrag doorhad, maar ze zei er aanvankelijk niets van. Net iets voor haar om het niet te hebben over wat haar dwarszat, in de hoop dat het dan vanzelf zou verdwijnen. Maar op een dag hield ze het niet meer vol en vroeg of er iets aan de hand was.

'Je bent zo... teruggetrokken, lieverd. Je hebt nog geen vijf woorden gezegd sinds je in de auto zit.'

We reden terug naar Yarrow Heights, als altijd. Mijn moeder had me van school opgehaald na de zwemtraining. Ze had ook boodschappen gedaan; de kofferbak lag vol hobbyspullen.

Mijn vader had een hekel aan de lucht van acrylverf en boetseerklei. Er zaten altijd resten aan mijn moeders handen en onder haar korte vingernagels. Het zag eruit als opgedroogde modder.

Jezus Krista, je ziet eruit als een boer.

Ik zat onderuitgezakt op de passagiersstoel en liet een cd van Laurie Anderson in de cd-speler glijden. Die ene, die begint met van die rare walvisgeluiden.

'Oké mam: "nog geen vijf woorden gezegd".'

Mijn moeder lachte een beetje verbaasd.

We luisterden naar de hese stem van Laurie Anderson en naar de vreemde onderwatergeluiden. Het paste wel bij de sfeer buiten: een meidag in Seattle met mist, bijna-regen en regen.

Ik heb wel eens walvissen gezien. Niet veel, maar wel een paar. Het waren orka's, in de Straat van Juan de Fuca, tussen het noorden van de staat Washington en British Columbia, en in de zee, drie kwartier rijden naar het westen. Het is echt gaaf! Als je de walvissen aan de oppervlakte ziet komen en ziet springen en ronddartelen in het glasgroene water, springt je hart ook omhoog. Je durft je ogen niet meer los te maken van het water uit angst dat je een walvis zult missen.

Mam mompelde iets goedkeurends over de muziek. Dit was ook haar soort muziek. Toen draaide ze het geluid zacht om 'te kunnen praten'.

'Hoe ging je training?'

'Goed hoor.'

'Moest je ook duiken?'

'Nee, vandaag niet.'

Eigenlijk had ik vandaag wel gedoken. Dat wil zeggen, ik had het geprobeerd. Maar mijn knieën waren van elastiek geweest en ik had moeite gehad om me te concentreren. 'Geen duik-dag' noemden we dat tactvol.

Mijn moeder lette op de weg en hoewel ik niet in haar richting keek, zag ik dat haar glimlach afzakte, alsof de nietjes los-lieten. Ze trok haar ogen (rood, maar ik keek toch lekker niet) samen tot spleetjes en tuurde in de achteruitkijkspiegel. Ze reed minder soepel dan anders. Alsof de bekende weg naar ons huis aan Vinland Circle haar niet bekend voorkwam; alsof er onverwachte bochten in zouden kunnen zitten. 'Ik vroeg me af of er iets is, Francesca,' zei mijn moeder. 'Op school, of...' Toen stopte ze, om het woord thuis niet te hoeven zeggen.

'Mam, ik vind "Francesca" stom,' zei ik geïrriteerd. 'Het klinkt aanstellerig. We zijn toch niet Italiaans of zo? Samantha is al erg, zo afgezaagd, maar Francesca...' Ik zuchtte en zette de cd harder om naar Laurie Anderson te kunnen luisteren die zong over een verloren geliefde.

Mijn moeder leek gekwetst, dus ik voegde eraan toe: 'Ieder-een noemt me Franky. Het past beter bij me. Bij wie ik ben.'

Ik had haar graag over Freaky verteld, maar niet vandaag. 'En dit gesprek hebben we trouwens al duizend keer gevoerd.'

Mijn moeder probeerde te lachen. 'Oké dan, "Franky". Als je dan een Franky wilt zijn.'

Wilde ik 'een Franky' zijn? Zo had ik het nog nooit bekeken. Ik had altijd aangenomen dat andere mensen je noemden zoals zij wilden, te beginnen met je ouders, en dat je daar zelf geen keus in had.

'Zelfs mijn docenten noemen me Franky, mam,' zei ik. 'Behalve als ik op mijn kop krijg.'

Mam probeerde weer te lachen. 'Goed dan, "Franky". Het valt me op dat je de laatste tijd erg stil bent. Je bent zo terugge-trokken sinds ik naar Santa Barbara ben geweest. Daar zit toch geen verband tussen?'

Ik schoof heen en weer in mijn stoel. 'Welnee, mam.'

'Pas geleden, toen ik Twyla en Jenn naar huis bracht, was je ook al zo stil. Zij waren de enigen die wat zeiden...' Mijn moe-der aarzelde even; ze wist dat ze op gevaarlijk terrein kwam. 'Je weet toch dat je altijd alles met me kunt bespreken, Francesca, Franky bedoel ik. Als...'

'Ja hoor, mam.'

Volgens mij was er in Santa Barbara iets heel raars gebeurd. Mijn vader was die zaterdagochtend weggegaan vanwege 'iets dringends' in Los Angeles. Maar uit wat ik later hoorde, con-cludeerde ik dat hij naar de beurs was gegaan om te kijken wat mijn moeder daar uitvoerde. Hij had geen contact met haar gehad, maar had haar alleen bespioneerd en daarna was hij weer teruggegaan.

Tenminste, ik denk dat het zo gegaan was. Er was niemand aan wie ik het kon vragen. 'Met die lesbo's van je, zeker,' had ik mijn vader horen zeggen. 'De hele tijd rondhangen met die lesbo's van je. Ik heb het wel gezien, hoor.' Het antwoord van mijn moeder kon ik niet horen.

Mam kletste maar door. Toen ze zo oud was als ik, blablabla. In Saint Helens in Oregon. Ja, dat wist ik nou allemaal wel. Haar jeugd in dat gat waar ze zo trots op was. Ik wilde de cd nog harder zetten zodat ik haar stem niet meer kon horen.

Nee. Ik wilde tegen haar aan komen zitten en haar knuffelen. Zoals ik vroeger altijd deed. Knuffelen en net zo lang tegen haar aan duwen tot ze me op schoot nam. 'Dag grote meid,' zei ze dan. 'Dag mooie grote meid van me.' Samantha kon dat nog wel doen, die was pas tien. Maar Franky niet, Franky die de rimpeltjes bij mams mondhoeken en ogen glad wilde strijken. Rimpeltjes die eruitzagen of ze er met kleine mesjes ingekerfd waren.

Ik wilde haar handen pakken en zeggen dat het prachtige handen waren, ondanks de praktische korte nagels, ondanks de restjes klei en verf.

Freaky wilde de zeegroene sjaal weghalen die mam zo zorg- vuldig om haar hals had geknoopt.

Tegelijkertijd wilde ik dat ik kon ontsnappen, ergens heen. Of dat ik in elk geval zestien was en mijn rijbewijs had. Mijn vader had gezegd dat ik een eigen auto zou krijgen als ik me 'wist te gedragen'. Dan zou ik niet zo afhankelijk zijn van mijn moeder als ik ergens heen wilde. Het was me veel te intiem, dit moeder-dochtergebeuren. Het was te veel van het goede!

Zodra mijn moeder de oprit opreed, had ik mijn hand al op de handel van het portier. En toen de auto stilstond, was ik er al half uit, mijn rugzak achter me aan slepend. 'Laat nou maar, mam,' riep ik over mijn schouder met een perfect onschuldi- ge, niet-beschuldigende Franky-stem. 'Ik heb mijn eigen leven. En jij hebt het jouwe.'

De eerste keer dat Twyla Lee bij ons kwam eten en slapen, keek ze met grote ogen rond en fluisterde in mijn oor: 'Gaaf Franky. Maar wónen jullie hier ook echt?'

Ze maakte natuurlijk een grapje – Twyla's huis was ook niet bepaald gewoontjes – maar ik begreep wel wat ze bedoelde. Toen mijn vaders tv-carrière goed van de grond kwam, wilde hij een nieuw huis, speciaal gebouwd voor hem en zijn gezin.

Hij kocht een stuk grond in Yarrow Heights, een paar kilometer ten westen van Seattle, met uitzicht over Lake Washington en de Evergreen Floating Bridge. Als het donker werd zag je overal lichtjes. Zolang het niet mistte, tenminste.

Het huis was ontworpen door een beroemde Japans-Amerikaanse architect uit Seattle. Het is 'postmodern', wat betekent dat het er niet uitziet als een huis, maar als een hightech fabriek: met glazen wanden, dakramen, gietbeton en hier en daar kil glimmend, tinachtig metaal. We hebben geen ouderwetse gangen, maar ronde glazen 'galerijen'. En geen kamers, maar modules. Er staan overal verplaatsbare Japanse wanden waarmee je kamers kunt 'creëren' of 'verwijderen'. De kamers zijn echoputten met 'minimalistische' meubels: stalen stoelen, doorzichtige tafels, halogeenlampen die een blauwachtig licht verspreiden. Overal neutrale non-kleuren zoals vaalzwart, steengrijs, groezelig wit; grote, lage banken met minikussentjes erop gestrooid. Meters en meters kale glimmende tegels in matzwart en hardwit, met hier en daar een kleed. Zelfs de armaturen van de lampen zijn minimalistisch, ze zijn weggewerkt in de muren en de plafonds, zodat ze overal schaduwen werpen. Mijn moeder had het huis zelf willen inrichten, maar mijn vader stond erop de meest trendy binnenhuisarchitect van Seattle in te huren.

Fouten konden we ons niet permitteren, vond mijn vader. De 'ogen van de wereld' zouden op ons gericht zijn, klaar om ons belachelijk te maken als we iets verkeerd deden.

In een van de zogenaamde galerijen stonden mijn vaders sporttrofeeën en foto's met collega-atleten en beroemdheden uitgestald. Het was behoorlijk spectaculair: foto's van Reid Pierson die de hand schudde van lokale politici, van de gouverneur en zelfs van de toenmalige president Bill Clinton in het Witte Huis. Reid Pierson en Bill Clinton: twee zelfverzekerde mannen die met een oprechte, jongensachtige glimlach in de camera keken. Mijn vader was onder de indruk van Clintons uitstraling, die je van nabij moest hebben meegemaakt om haar op waarde te kunnen schatten, vond hij. 'Je móet wel van die man houden,' zei mijn vader. 'Aan hem kun je zien waarom mensen je alles vergeven als ze maar genoeg van je houden.'

Ik zat in de tweede, was net nieuw op Forrester Academy en had nauwelijks vrienden toen er een reportage over ons huis verscheen in het blad *Seattle Life*: van de ene dag op de andere zagen zelfs de leerlingen uit hogere klassen me staan, ze spraken me aan om te zeggen dat ze het artikel in het tijdschrift hadden gezien en onder de indruk waren. Ik moet toegeven dat ik me gevleid voelde ('En hoe is het nou om Reid Pierson als vader te hebben?'). Toen ik net in de derde zat, kwam het huis in *Architectural Digest* met een fotoreportage waarin Reid Pierson in smoking poseerde met zijn vrouw, Krista Pierson (in een strakke, zwartzijden jurk en met glanzend rood haar tot op haar schouders) te midden van de minimalistische meubels. Op de achtergrond was nog een glimp van Lake Washington te zien. Dit keer spraken zelfs leraren die me geen les gaven en de rector me aan, om te zeggen dat ze het artikel gezien hadden en onder de indruk waren. Mijnheer Whitney, de rector, had mijn moeder natuurlijk al ontmoet, maar mijn vader niet. 'Zeg maar tegen je vader dat ik een grote fan van hem ben, Francesca,' zei hij. 'Al in de tijd dat hij nog bij de Seahawks zat. Zeg maar dat ik hoop dat hij binnenkort eens op school langskomt.'

Dat was inmiddels anderhalf jaar geleden en mijn vader was nog niet op school geweest, maar telkens als mijnheer Whitney me zag, zei hij: 'Francesca, de uitnodiging geldt nog, hè!'

Eigenlijk is dat postmodernistische imago vooral voor de show; het is alleen de eerste verdieping, het stuk dat de architect de 'openbare ruimte' van het huis noemt. Op de begane grond zijn onze 'privé-ruimtes' – de slaapkamers, logeerkamers, badkamers en bergruimtes, waarvan er overigens te weinig zijn – en die zijn min of meer normaal. Hier is alles wat kleinschaliger, alsof het de architect niet kon schelen waar zijn klanten echt zouden wonen.

Voordat we hierheen verhuisden, woonden we in een ouder en kleiner huis in het centrum van Seattle, in een zogenaamde multicultiwijk. Ik had er veel vrienden en vond het vreselijk om te verhuizen. Het nieuwe huis vond ik ook vreselijk. Ik heb dagenlang lopen mokken en huilen. 'Je moet het zien als een avontuur,' zei mijn moeder de hele tijd. 'Het is net een ruimteschip.' Gelukkig voor ons mocht ze van pap de benedenverdieping wel zelf inrichten.

Vorig jaar had mijn moeder van een van de logeerkamers een werkkamer gemaakt. Ze was cursussen pottenbakken, weven en schilderen gaan volgen. Het atelier was niet groot en had geen spectaculair uitzicht over het meer, maar er zat wel een dakraam in en Samantha en ik hadden mijn moeder enthousiast geholpen om de muren warm zachtgeel te verven, zodat het leek of de zon in mijn moeders studio altijd scheen, zelfs op de somberste winterdagen.

In onze streek kan het weken achter elkaar regenen, zonder een straaltje zon. En áls de zon schijnt, kan hij ook in een paar seconden weer verdwenen zijn.

Mijn moeder had het atelier van mijn vader mogen inrichten, maar leuk vond hij het niet. Hoe meer tijd mijn moeder thuiszat, in haar studio, hoe minder tijd ze zou hebben voor de sociale dingen waaraan hij vond dat zijn vrouw zou moeten deelnemen, zoals lunchen met de rijke vrouwen die in het bestuur zaten van clubs als de Vrienden van de Opera van Seattle en de Charitatieve Vereniging. Hij klaagde dat hij aan de andere kant van het huis, waar ze sliepen, de verf nog kon ruiken, hij kreeg er verdomme hoofdpijn van. Toen mijn moeder hem haar eerste weefsels en potten liet zien, die Samantha en ik prachtig vonden, glimlachte hij alleen maar en schudde zijn hoofd als een toegeeflijke vader. 'Dus dit is waar je de hele tijd mee bezig bent, Krista? Nou, prachtig hoor. Erg leuk.' Dat was alles. Mijn moeder probeerde niet te laten merken dat ze gekwetst was. Ze stopte er al snel mee hem haar spullen te laten zien, zelfs toen ze ze in een plaatselijke galerie kon verkopen. En mijn vader vroeg er nooit naar, en kwam nooit in haar gezellige atelier.

Er waren veel dingen die ik altijd aan mijn moeder vertelde, en nooit aan mijn vader. Maar de laatste tijd vertelde ik mijn moeder ook weinig meer. Sinds Freaky was gekomen, in juli, bij de Puget Sound.

Ik vroeg me af of Freaky ook was gekomen als Cameron er niet was geweest; als ik niet bijna een vreselijke stommiteit had begaan en wanhopig was geweest. *Je zou jezelf moeten zien, met die enge groene ogen. Freak!* Maar ik was geen freak. Ik was juist sterker geworden, Freaky had me kracht gegeven. Ik was blijer met mezelf dan ik ooit was geweest. Er kwamen vreemde gedachten bij me op zoals: jij hoort hier in deze wereld, net zo goed als de anderen. Maar je bent Freaky met de groene ogen, vergeet dat niet.

Sinds ik voor het eerst ongesteld was geworden, was ik een beetje vies van mezelf. Of ik schaamde me voor mezelf of zo.

Maar dat was afgelopen toen Freaky verscheen. Ik herinnerde me hoe ik aan Cameron was ontsnapt en dolblij in de regen naar huis was gerend. Ik was in mijn blootje voor de spiegel in mijn slaapkamer gaan staan – iets wat ik nooit eerder had gedaan – en had tevreden gekeken naar mijn stevige kleine borsten met gewelfde tepels, en naar het zijdeachtige plukje rode haar tussen mijn benen, mijn gestroomlijnde, gespierde zwemmersbenen, zelfs naar mijn lange, smalle melkwitte voeten. Ik stond niet te staren of te gluren, ik keek gewoon naar mezelf zoals je naar een bloem, een boom of een dier kijkt, naar iets natuurlijks, zonder kleren.

Maar ik was vooral blij met mijn krullende, wortelkleurige haar dat alle kanten op stond. Ik liet het groeien tot over mijn schouders. Meestal droeg ik het in een paardenstaart, zodat het niet in mijn gezicht hing. Van mijn moeder had ik een zilveren speld met turkooizen steentjes gekregen. Dat haar was Freaky's kenmerk, net als die ogen en ik schaamde me er niet voor; ik was er trots op.

Of ik het jammer vond dat ik niet meer met mijn moeder praatte over de dingen die belangrijk voor me waren? Twyla had hetzelfde. 'Op een dag stond ik plotseling tegen mijn moeder te liegen,' had ze verteld. 'Niet om een speciale reden, maar gewoon, omdat ik niet wilde dat ze wist wat ik echt dacht.'

'Ik denk dat ik niet wil dat iemand ooit weet wat ik echt denk,' zei ik. 'Wie kun je nou vertrouwen?' Daar moesten we even over nadenken. Mensen op wie je verliefd werd, moest je kunnen vertrouwen, maar dat was wel riskant: verliefdheid gaat ook weer over. 'Je beste vriendin,' zei Twyla laconiek.

Daar had ze gelijk in. Misschien. Als er iemand was die ik kon vertrouwen, dan was het wel een vriendin als Twyla. Maar zelfs zij was een risico.

'Francesca?'

Ik zat in mijn kamer achter de computer te dagdromen. Ik staarde uit het raam naar het loodgrijze meer en dacht aan Twyla en aan mijn andere vrienden die ik de laatste tijd niet zoveel meer te zeggen had. Misschien had mijn moeder gelijk en was ik 'teruggetrokken'.

Was 'teruggetrokken' hetzelfde als 'somber'? Gewoon een stemming?

Mijn moeder deed de deur aarzelend een paar centimeter open en stak haar hoofd door de kier. 'Heb je het druk, lieverd? Of kunnen we even praten?'

Ik voelde een enorme zucht opkomen.

'Ja hoor, kom maar binnen.'

Ik vond het vervelend om gestoord te worden, maar ik wist wel dat mij moeder het er niet bij zou laten zitten; daar was ze het type niet voor.

Ze droeg nog steeds die turkooizen sjaal en een bloes met lange mouwen en dichtgeknoopte manchetten. Er liepen rode adertjes door het wit van haar ogen en haar oogleden hadden rode randjes. 'Mag ik even bij je komen zitten? Je bent geen huiswerk aan het maken, hè?'

'Wel iets voor school,' jokte ik. 'Maar ik heb wel even tijd.'

Toen begon mam voor het eerst over Skagit Harbor. Haar 'blokhut' daar. Kon ik me die herinneren?

Skagit Harbor is een oud vissersplaatsje aan de Skagit Baai, een uurtje rijden vanaf Yarrow Heights. De opa van mijn moeder had daar een klein huisje met maar één kamer dat de Connors 'de blokhut' noemden. Een paar jaar geleden had mijn moeder Samantha en mij er een weekendje mee naartoe genomen, toen mijn vader de World Series in New York versloeg. Ik had een goede herinnering aan Skagit Harbor en vroeg me af waarom we er nooit meer heen waren gegaan.

Waarschijnlijk had mijn vader het niet goed gevonden. Hij vond Skagit Harbor een saai, stinkend gat. De mensen die er woonden waren nogal doorsnee, afgewisseld met wat papa 'hippie-indringers' noemde. Daarmee bedoelde hij kunstenaars die de kost verdienden met tapijtknopen of bedienen in restaurants; mensen van de zelfkant, naar zijn mening.

Ik was verrast. 'De blokhut? Wat is daar dan mee?'

'Nou, ik ben er dit voorjaar een paar keer geweest. Ik heb het geverfd en een beetje opgeknapt. Wat struiken gerooid. Het leek wel een oerwoud.' Mijn moeder zweeg en glimlachte. Er was iets, maar ik wist nog niet precies wat. 'Dit weekend ga ik er wat spullen uit mijn atelier heenbrengen. Papa is dan weg en... ik vroeg me af of je zin hebt om mee te gaan. Zondagavond kom ik weer terug.'

Ik sprong overeind. Ik was woedend en bang tegelijk.

'Mam, waarom doe je dit? Waarom daag je hem uit?'

Mijn moeder staarde me aan. Ze voelde met haar hand aan de sjaal om te controleren of die nog goed zat. Ik zag vage lijntjes in haar gezicht lopen en staalgrijze, spinnenwebachtige strepen in haar haar.

'Ui-uitdagen? Hoezo, Francesca?'

'Kom op mam, je weet best wat ik bedoel.'

'Je... vader? Heb je het idee dat ik je vader provoceer?'

'Doe je dat niet dan?'

'Francesca, dit is iets waar jij niet over kunt oordelen. Het is geen onderwerp dat ik met jou wil bespreken.'

Mam was nu ook gaan staan. Later zou ik me iets raars herinneren: dat er angst op haar gezicht te lezen was.

'Nou,' zei ik, op het punt in huilen uit te barsten, 'je vroeg het toch zelf, wat er aan de hand was? Dus ik zeg gewoon wat er volgens mij mis is. Je doet dingen expres om papa boos te maken. Je weet hoe hij is, en toch ga je ermee door.' Mijn stem klonk gesmoord en ik kon nauwelijks ademhalen. Het was alsof ik in het water was gedoken en niet meer naar de oppervlakte kon zwemmen – iets trok me aan mijn enkels naar beneden.

'Francesca,' zei mijn moeder hakkelend. 'Je begrijpt niet hoe het in elkaar zit. Het is erg... ingewikkeld allemaal.' Ze leek in de war. Ze had sinds enige tijd een tic: dan draaide ze aan haar ring, een grote zilveren ring in de vorm van een duif die ze in Santa Barbara had gekocht. Hij was van dezelfde Indiaanse zilversmid die mijn haarspeld had gemaakt.

'Als je papa uitdaagt, krijg je dat terug. Zo zit hij nou eenmaal in elkaar.'

'Maar denk je niet dat ik ook op een bepaalde manier "in elkaar zit"?'

'Nee, niet zoals papa in elk geval. Hij kan er niets aan doen, en jij wel.'

'Papa en ik houden heel erg van elkaar, lieverd. En we houden ook van jou. Maar we vinden niet meer dezelfde dingen belangrijk. Ik kijk anders tegen de wereld aan tegenwoordig. Ik wil ook leven, voordat het te laat is.'

'Leven? Waarom kun je niet hier leven, zoals je altijd hebt gedaan? Wat is er dan veranderd? Samantha is bang dat jij en papa gaan scheiden. De helft van de kinderen uit haar klas heeft ouders die in scheiding liggen.'

'Denkt Samantha dat? Heeft ze dat gezegd?'

'Nou, niet met zo veel woorden.'

'Heb je er met haar over gepraat? Je hebt haar toch niet bang gemaakt? Francesca?' Mijn moeders stem trilde.

'Nee. Jij maakt haar bang. En mij erbij. Je bent de laatste tijd zo...' Mijn gezicht gloeide en ik moest op mijn lip bijten om het niet uit te schreeuwen, '...zo ver weg. Alsof je slaapwandelt of zo. Merk je dan niet wat papa daarvan vindt?'

Toen mama antwoordde, koos ze haar woorden zorgvuldig. Later zou ik me afvragen of ze ze van tevoren had geoefend.

'Francesca, lieverd, Franky bedoel ik, je hebt geen idee waar je over praat. Echt niet. Het spijt me dat je je zorgen maakt en dat Samantha zich zorgen maakt, maar...' Ze probeerde te glimlachen, maar de nietjes hadden losgelaten en de glimlach werd een soort vissengrijns. Haar ogen waren rooddoorlopen en ze keek angstig, alsof papa aan de andere kant van de deur klaar stond om naar binnen te stormen. '...je vader en ik hebben het er uitgebreid over gehad. Hij heeft er begrip voor dat ik wat meer tijd voor mezelf nodig heb... Wat meer tijd buiten Seattle vooral. Niet weg bij mijn gezin, maar weg uit Seattle. Weg uit dit huis. Hij heeft gezegd dat ik de blokhut mag opknappen en daar een poosje mag gaan zitten. Niet de hele tijd natuurlijk. Ik kom om de paar dagen weer terug. Dat heeft je vader gezegd.'

Ik was verrast. Dit had ik niet verwacht.

'Heeft papa dat gezegd?'

'En er is helemaal geen sprake van scheiden, lieverd. Als Samantha daar ooit weer over begint, moet je maar tegen haar zeggen dat daar echt geen sprake van is. Nu niet en in de toekomst niet.'

Mam sprak dat laatste 'nu niet en in de toekomst niet' een beetje vreemd uit. Alsof het niet haar eigen woorden waren, maar die van iemand anders.

Ze draaide zich om, wreef in haar ogen en verdween. Ik wilde haar terugroepen. Ik wilde haar vasthouden en haar armen om me heen voelen. En tegelijkertijd wilde ik dat ze wegging. Ik kon er niet meer tegen om nog langer naar die glimlach te kijken of naar de langzaam lichter wordende blauwe plek die net onder haar kin zichtbaar was.

Hoi Todd,

Sorry dat ik je weer lastigval.

Wist je dat mama de blokhut in Skagit Harbor aan het opknappen is en dat ze van plan is daar af en toe naartoe te gaan? Dat hoorde ik net van haar.

Maar ze zegt dat ze niet gaan scheiden. Nu niet en in de toekomst niet. Dat is in elk geval goed nieuws. Toch? Als je kijkt naar hoe het tussen hen tweeën gaat sinds afgelopen winter. Laat me weten wat je ervan vindt, en of jij nog iets gehoord hebt. Heb jij nog contact met pap?

Hoop dat het goed gaat in je studentenhuis.

Franky

Ik kreeg geen reactie. Terwijl ik had gedacht dat Todd dit keer wel zou antwoorden.

Juni: uit elkaar

Alleen waren ze dat niet.

De mensen dáchten dat misschien, maar Piersons gáán natuurlijk niet uit elkaar.

Papa legde het uit aan Samantha en mij. Hij nam onze hand in de zijne en zei vriendelijk, maar zonder omhaal: 'Jullie moeder heeft nu haar eigen plekje, meisjes. Daar kunnen jullie haar van nu af aan steeds vaker vinden.'

Mama ging eerst twee dagen weg. Toen kwam ze terug om daarna weer drie dagen te verdwijnen. Ze nam Konijn mee in de stationwagen. Zonder hen was het thuis vreemd, triest en eenzaam. Je kon bijna de echo van onze stemmen horen en de hijgende kefjes van Konijn. *Haar eigen plekje. Daar kun je haar voortaan vinden.*

Het klopte niet om uit school te komen in een huis zonder moeder. Je kreeg er nare gedachten van.

'Franky, houdt mama niet meer van ons?' wilde Samantha weten.

'Moet je aan haar vragen. Hoe kan ik dat nou weten?'

'Ik vind haar stom!' Samantha trok haar gezicht in rimpels als een boze dwerg. 'Voor mijn part mag ze wegblijven.'

Even later vroeg ze bezorgd: 'Franky, wat moeten we nou doen als mama echt niet meer terugkomt?'

'Doe niet zo raar. Mama komt overmorgen thuis.'

'Echt?'

'Dat weet je toch!' Ik deed alsof ik gek werd van mijn domme zusje.

Samantha lachte en stak haar duim in haar mond. 'Ik wist het ook wel hoor, ik was het alleen even vergeten.'

We misten haar niet! We gingen net als altijd naar school; we hadden onze vriendinnen en onze buitenschoolse activiteiten die altijd zo belangrijk lijken als je er middenin zit, maar waarvan je je later niet meer kunt herinneren waarom eigenlijk. Het was fijn om uit huis weg te zijn en naar school te gaan, waar ik gewoon een slungelige vierdejaars was, met rood haar en een paardenstaart, die veel lachte – lachjes met een klein, scherp randje eraan – en die zichzelf zo op het oog niet al te serieus nam. 'Hé Franky, hoe gaat-ie?' riepen m'n vrienden als we elkaar tussen de lessen door in de gang tegenkwamen. Meestal voelde ik niets, alsof ik verdoofd was. Als ik mezelf zag in de spiegel bij de toiletten, had ik altijd mama's opgewekte, vastgeniete glimlach op.

Als je vrolijk en een beetje lawaaierig en onvoorspelbaar bent, vinden mensen je leuk. Als je de hele tijd loopt te kniezen laten ze je links liggen.

'Mensen hebben een hekel aan meisjes die kniezen,' zei papa steeds vaker tegen ons.

Franky heeft het niet zo makkelijk, momenteel.

Hoezo dan?

Nou, met haar ouders en zo.

Ik wist niet eens zeker of ik dat met zo veel woorden had gehoord, op school. In de kleedkamer, voor onze laatste wedstrijd van het seizoen.

Wat is daar dan mee? Doet ze daarom zo raar, de laatste tijd?

Op school zat ik in de jaarboekcommissie en bij de toneelclub en de meidensportclub. Ik was weliswaar niet een van de sterren van het zwemteam, maar ik had mijn goede momenten; dan zwom ik als een plotseling op hol geslagen vis. Freaky Groene Ogen zwemt voor haar leven. Ik had wel eens een bijdrage geleverd aan een cruciale overwinning, maar ik was niet groot, sterk of goed genoeg om gelijkmatig en dus betrouwbaar te zijn. Toch was Meg Tyler, de trainer, altijd vriendelijk tegen me. Ze nam me wel eens apart alsof ik iets speciaals had, of in elk geval zou moeten hebben. Na de laatste wedstrijd, die we wonnen, al was het dan kantje boord, zei ze: 'Goed gedaan, Franky. Volgend jaar zit je op je top, let op mijn woorden.'
Ik hoop dat ik er volgend jaar überhaupt nog bén.
Ik bedankte haar en zei dat ze een waanzinnig goede trainer was. Ik vond het lief dat ze zo'n vertrouwen in me had, maar geloofde haar geen moment.

De dagen gingen sneller en sneller voorbij. Iedereen keek uit naar de zomer en dat probeerde ik ook maar te doen. Ik werkte tot 's avonds laat aan achterstallige opstellen voor Engels en aan werkstukken voor maatschappijleer. Freaky gaat het redden, zei ik tegen mezelf. Doe maar net als met een lastige duik: langzaamaan. Ik leerde voor mijn proefwerken en stopte mijn hoofd zo vol leerstof dat ik me haast goed begon te voelen. Nu mama er niet was, kon ik de halve nacht opblijven zonder dat iemand het wist. Mijn vader was vaak weg en kwam soms pas na tweeën thuis. Ik maakte mijn proefwerken en sloot het schooljaar af met een hoofd zo leeg als een schoongeveegd schoolbord.

Het ging best goed; ik haalde alles. Voor Engels kreeg ik zelfs een hoger cijfer dan ik het hele jaar gehaald had. Samantha had het ook goed gedaan. Ze ging over met allemaal achten en negens. Alleen voor gym had ze een zesje. Ik was trots op haar en ik hoopte dat mijn vader en moeder dat ook waren.

'Wanneer mogen we nou met jou mee, mam?' bleef Samantha maar vragen. 'Als de school is afgelopen,' zei mijn moeder dan. Maar toen de vakantie was begonnen en Samantha het weer vroeg, zei mijn moeder ontwijkend, met nerveus knipperende ogen: 'Als ik klaar ben met het verven van de blokhut. Als je vader zegt dat het kan.'

'Franky en ik kunnen je toch helpen met schilderen, mam,' zei Samantha met haar duim in haar mond. 'Vorige keer mocht dat toch ook? Je zei zelf dat we je werkkamer zo netjes hadden geverfd.'

'Ja lieverd. Dat hebben jullie ook, maar...' mijn moeder zweeg even. Ze leek in de war, alsof ze niet meer wist wat ze ook alweer geacht werd te zeggen . '...maar nu ligt het anders, schat.'

Ik wilde vragen wat het schilderen van de blokhut te maken had met papa's mening. En hoe lang ze dacht dat het schilderen van die hut, niet groter dan één kamertje, zou gaan duren. Maar mijn woede jegens dat mens zat als een grote klomp deeg in mijn keel.

Ga maar weg dan. En blijf maar weg.

Je houdt toch niet van ons. Je hebt liever je 'eigen plekje'.

Weet je wat ik deed zodra haar stationwagen de oprit af reed? Dan zette ik mijn mobieltje uit.

Ook legde ik uren per dag de hoorn van de haak, behalve als Maria er was, de Filippijnse vrouw die door mijn moeder was ingehuurd om de zaak draaiende te houden als zij er niet was. Mijn moeder belde minstens twee keer per dag naar huis; ze kon altijd een boodschap inspreken op het antwoordapparaat.

En zo zorgde ik er dus voor dat ik niet elke minuut dat ik thuis was zat te wachten tot de telefoon ging.

Ik nam geen vriendinnen meer mee naar huis. Nu mijn moeder er niet was, was het er doods en stil, als een museum waar nooit een bezoeker komt. De herrie die Maria maakte als ze de grote vertrekken boven aan het stofzuigen was – die niet gestofzuigd hoefden te worden, maar ja, ze moest haar salaris toch ergens mee verdienen – maakte de stilte alleen maar erger. Telkens meende ik in de verte het nerveuze gekef van Konijn te horen, waar mijn vader zo'n hekel aan had, alsof de hond ergens in de buurt was verdwaald. Samantha en ik dachten steeds dat we hem in de keuken bij zijn etensbak zagen. We hoorden zijn teennagels op de tegelvloer en zijn enthousiaste gehijg.

'Het is niet eerlijk, hè, Franky,' zei Samantha. 'Konijn is ook ónze hond.'

'Ik denk dat mama op dit moment even niet aan ons denkt. Ze is op haar "eigen plekje".' Ik zei het luchtig; niet sarcastisch.

'Waarom moet ze haar eigen plekje dan hebben, Franky? Dat heeft papa niet gezegd.'

'Nou gewoon. Ze heeft wat rust in haar hoofd nodig, om te

kunnen doen wat zij wil en niet wat andere mensen van haar willen. Denk ik.'

Maar ik wist het eigenlijk ook niet. Ik wist alleen dat ik dat plekje haatte.

We hadden het rooster al snel door: mama was twee of drie dagen per week weg en dan was papa meestal thuis. Als hij niet op reis was, werkte hij in het centrum van Seattle. Hij deed de verslaggeving van plaatselijke sportevenementen voor zover ze van belang waren voor het hele land. De dag nadat mama thuiskwam, verdween mijn vader weer. Er was altijd wat overlap; een maaltijd of een avond samen. Samantha was vaak nerveus omdat ze niet goed begreep wat er gaande was. Zelf probeerde ik neutraal te doen. Tegen mijn moeder deed ik een beetje stijfjes, omdat ik vond dat ze ons in de steek liet. Gewoon doen tegen mijn vader, die vooral wilde dat 'zijn meiden' lachten om zijn grappen, was niet zo moeilijk.

Sliepen mijn vader en moeder nog samen, vroeg ik me af. In hetzelfde bed?

Het was vreemd, maar soms konden ze tijdens de maaltijd prima met elkaar opschieten. Dan zeiden ze 'schat' en 'lieverd' tegen elkaar en deden superaardig. De volgende dag vertrok mijn vader dan naar Miami, Chicago of Austin en als hij terugkwam, was het mijn moeders beurt om haar spullen te pakken. Ze zei ons gedag, riep Konijn en reed in haar stationwagen naar Skagit Harbor. Een keer stond Samantha op de oprit en schreeuwde haar na: 'Het is niet eerlijk. Konijn is ook van ons!'

Soms, als mijn moeder er niet was, werd het plotseling rumoerig in huis en buiten, op de houten veranda. Dan had mijn vader vrienden uitgenodigd 'voor een borrel'. Ze kwamen tegen zessen en rond een uur of negen verdwenen ze weer naar een van de trendy restaurants in Seattle waar mijn vader Samantha en mij soms ook wel eens mee naartoe nam. Op weg naar buiten kwam mijn vader altijd even naar beneden om te zeggen dat hij 'een hapje ging eten' met zijn vrienden en dat we niet voor hem hoefden op te blijven.

'Maar papa, je hebt toch al met ons gegeten,' zei Samantha dan wijsneuzig.

Steeds vaker hing er een ons onbekende vrouw aan mijn vaders arm die 'hoi' en 'welterusten' wilde zeggen tegen zijn dochters. Samantha hing rond in mijn kamer tot ze naar bed ging, in de kamer naast de mijne. Ik had geen last van haar, behalve als ik met mijn vriendinnen wilde bellen; dan vond ik het irritant als ze zat mee te luisteren en zich er zelfs mee bemoeide. Samantha dacht dat het steeds dezelfde vrouw was, maar volgens mij waren het er meerdere. Het viel niet mee om ze uit elkaar te houden, want ze waren allemaal blond, glamoureus en jaren jonger dan mijn moeder. Ze zagen eruit als nieuwslezeressen of weervrouwen. Of als modellen. Mijn vader stelde ze nooit aan ons voor; misschien was hij hun naam vergeten. Hij klopte, duwde de deur al open voordat ik 'binnen' had kunnen roepen en liep een klein stukje de kamer in. De blonde vrouw stond naast hem, maar nét iets verder naar achteren en mijn vader zei dan: 'Kijk, dit zijn mijn meiden. Sammie, die kleine, en Franky, een van de zwemsterren op Forrester Academy. Zijn ze niet prachtig?' De blonde vrouw keek Samantha en mij met een serieuze blik aan alsof we tot een onbekende en zeldzame diersoort behoorden, kneep mijn vader in zijn bovenarm en zei dan hees: 'Nou en of, Reid. Dat hebben ze zeker van hun vader?'

Eén keer kwam Freaky Groene Ogen tussenbeide: 'We hebben ook wel iets van onze moeder, hoor. Kent u onze moeder?' De blik die mijn vader me toewierp was dodelijk, maar hij bleef glimlachen, lachen zelfs. 'Oké meiden. Ga maar lekker naar bed en wacht niet op je ouwe vader,' zei hij net als anders.

Met Samantha ging het wel goed, had ik het idee. Ze begon te wennen aan het Nieuwe Rooster. Ik had wel medelijden met haar. Ik kon zien dat ze af en toe huilde – stiekem, want ze wist wel dat het mijn vader irriteerde. En ik moet toegeven dat ik ook wel eens mijn geduld met haar verloor. Als ik haar zag huilen, begon ik zelf ook. Nou nee, bedankt.

Samantha had wel vriendinnetjes op school, maar die woonden niet in de buurt, dus als mijn moeder er niet was om haar te halen en te brengen, zat ze min of meer in huis opgesloten. Ze was eenzaam en emotioneel. Soms vroeg ze vijf of zes keer per dag of mama nog had gebeld en of ik de voicemail al had gecheckt, alleen maar om aandacht te krijgen. Ze kwam zelfs een keer midden in de nacht mijn kamer binnen, net toen ik eindelijk in slaap was gevallen, om klagelijk te vragen of ik die avond echt de berichten wel had afgeluisterd.

We hadden mama natuurlijk kunnen bellen, maar ze nam zelden de telefoon op en had geen antwoordapparaat. Toen ik haar vroeg waarom eigenlijk niet, zei ze ontwijkend: 'Ik word zenuwachtig van telefoons. Je weet nooit wie er belt.'

Mijn moeder was ook niet bepaald van de e-mail. Van computers werd ze zenuwachtig, zei ze, dus haar laptop nam ze niet mee naar Skagit Harbor.

Met papa was het al net zo. Hij was vaak onbereikbaar. Soms

belde er een secretaresse: 'Francesca Pierson? Ik heb Reid Pierson voor u aan de lijn.' Na lang wachten en veel geklik kreeg ik mijn vader. Zijn stem klonk luid en geïrriteerd. 'Hallo mop. Wat was er?' Op de een of andere manier had mijn vader, als hij op reis was, altijd het idee dat ik hem had gebeld, in plaats van andersom.

'Pap, je had míj gebeld, hoor.'

'O ja?' Mijn vader klonk vagelijk verbaasd. Dan lachte hij, alsof iemand een grap met ons had uitgehaald. Maar Reid Pierson nam dat natuurlijk sportief op. 'O. Nou, ik wilde alleen even hallo zeggen. Is je moeder er toevallig ook?'

Als ik ja antwoordde, zei mijn vader snel: 'Nee, nee hoor, ik hoef haar niet aan de lijn. Ik wou alleen even weten of ze er was.'

Nadat mijn vader had opgehangen, bleef ik als gehypnotiseerd met de hoorn tegen mijn oor staan, wachtend tot er weer een stem zou klinken.

Toen, in juni, begon ik mails te krijgen van mijn moeders oudere zus, tante Vicky. Van alle Connors en Piersons was ik het meest op haar gesteld. Tante Vicky had vier of vijf keer geprobeerd me te bellen, maar om de een of andere reden had ik haar nooit teruggebeld.

Misschien wilde ik niet dat ze iets kwetsbaars en bangs zou horen in mijn stem. Ze was daar zeer gevoelig voor en pikte dingen op die zelfs mijn moeder ontgingen.

Hoi Franky,
Ik wilde even weten hoe het gaat. Ik mis je. Zullen we deze winter samen ergens heen gaan? Naar Costa Rica of zo?

Ik vroeg me af hoe het met Samantha en jou is. Kun je me morgen even bellen? Bedankt alvast.

Dikke zoen,
tante Vicky

Ik belde niet. Het ergerde me dat tante Vicky zich ermee bemoeide en ik vroeg me af wat mama haar verteld had. Bestond er bijvoorbeeld een geheim dat mijn vader en moeder betrof en dat zij wel kende maar ik niet?

Lieve Franky,
Ik maak me een beetje zorgen. Je reageert niet op voicemailberichten en beantwoordt je mail niet. Zal ik eens langskomen? Dit weekend bijvoorbeeld?

Dikke kus,
Je-weet-wel-wie

Snel typte ik:

Lieve tante Vicky,
Met Samantha en mij gaat het goed. Alles is hier prima. We hebben nog vakantie tot sept.

Ik staarde vijf of tien minuten naar het scherm en voegde er ten slotte aan toe:

Laat ons alsjeblieft met rust.

Liefs,
Franky

Waarom was ik eigenlijk zo boos op tante Vicky? Ik was in feite dol op haar. We konden het uitstekend samen vinden, vonden dezelfde grapjes leuk en hielden van zwemmen en dingen in de buitenlucht doen. Ik was met haar naar allerlei plekken geweest, bijvoorbeeld op een onvergetelijke reis naar de bergen van Noord-Mexico om de trek van de monarchvlinder te zien. Ze was trouwens ook dol op Samantha.

Ik klikte niet op Verzenden. Na een poosje klikte ik op Delete.

Er was eens een marionet die Franky Pierson heette. Ik hoopte dat mensen met verbazing zouden constateren dat ze zo enorm normaal en vreselijk stabiel was.

Een voorbeeld: ik hielp de moeder van Jenn Carpenter een surpriseparty te organiseren op 20 juni, de dag voor voor Jenns zestiende verjaardag. Wekenlang maakten we telefonisch en via de mail plannen. Als mevrouw Carpenter in die periode naar mijn moeder informeerde, zei ik altijd opgewekt dat het 'prima' ging met mijn moeder. Dat mijn moeder lekker 'kunstzinnig aan het doen' was. Twyla en ik hadden de taak om bij de Carpenters langs te gaan en Jenn op te pikken voor de film, maar toen Jenn de huiskamer binnen liep waar wij zaten te wachten, stonden daar ook drieëntwintig vrienden en familieleden en zelfs Jenns vader, die een vroegere vlucht naar huis had genomen na een zakenconferentie in Rio. Toen we 'Happy Birthday' begonnen te zingen, staarde Jenn ons met grote ogen aan. Haar mond viel letterlijk open. Lachen! Mevrouw Carpenter nam alles op video op; er waren ballonnen en bergen cadeautjes; iemand zette Jenn een glitterhoedje op. We konden niet ophouden met grijnzen; ik moest mijn ogen afvegen toen ik zag hoe enorm verbaasd en blij Jenn was, hoeveel iedereen van haar hield en hoeveel zij van iedereen hield.

Ik wou dat ik nog zo jong was, schoot het door me heen.

'Francesca? Met mij.'

Na een poosje gebeurde het wel eens dat ik er niet was als mama thuiskwam. En als ik er wel was, kwam ik soms mijn kamer niet uit om haar te begroeten. Ik bleef achter mijn computer zitten surfen, rondklikkend op sites die me meenamen naar verre plaatsen. Ik raakte geïnteresseerd in paleontologie, in opgravingen in Montana en Wyoming. Daar waren botten gevonden die meer dan honderd miljoen jaar oud waren. Er heerste een helder, droog klimaat zodat je kilometers ver kon kijken. Het was er nooit mistig of regenachtig. Dan hoorde ik de stationwagen de oprit op rijden en Samantha rennen en Konijn blaffen en dan wist ik dat mijn moeder zich afvroeg waar ik was; dat ze zat te wachten tot ik naar buiten kwam om haar te omhelzen. Laat haar maar lekker wachten, dacht ik. Laat ze zich maar afvragen waar ik ben.

Kort daarna zou mijn vader weer weggaan. En als mijn vader terugkwam, vertrok mijn moeder weer naar Skagit Harbor. In dit deel van de staat zijn er hopen mensen die forenzen, met de pont of de auto, dus ik probeerde mijn vader en moeder te beschouwen als eeuwige forenzen. Skagit Harbor lag in feite dicht bij Yarrow Heights; het was maar een uurtje rijden naar het noorden over Route 5, langs de uitlopers van de Cascade Mountains. 'Waarom mogen we niet met je mee? Je hebt het beloofd,' bleef Samantha maar aan mijn moeder vragen. Mijn moeder draaide nerveus de zilveren ring rond haar vinger en zei: 'Ja, lieverd, dat heb ik ook beloofd. En ik ben het niet vergeten. Alleen is dit niet het juiste moment!' 'Wanneer is het dan het juiste moment?' riep Samantha. 'Als je vader zegt dat het goed is,' antwoordde mijn moeder.

Een andere keer zei Samantha slinks: 'Mam? Papa is tot vrijdag weg. We kunnen best met jou naar de blokhut en dan kun je ons terugbrengen voor papa thuiskomt. Dan merkt hij er niets van.' Ik zag dat mama me een bezorgde en bange blik toewierp in de hoop dat ik het ook geen goed idee zou vinden. Ik vond het vreselijk om haar zo angstig en zwak te zien. Waarschijnlijk verstrakten mijn gezicht en mijn blik. 'Nee Samantha,' antwoordde mijn moeder. 'Dat is helemaal geen goed idee. Je vader zou woest worden. Op ons allemaal.'

Toen Samantha aan papa vroeg of we met mama mee mochten, zei hij verbaasd: 'Lieverd, daar ga ik toch niet over. Dat moet je aan haar vragen.'

De laatste tijd zei mijn vader altijd 'zij' of 'haar'. Hij zei nooit meer 'je moeder' of 'Krista'.

'Maar pap, mama zegt dat jij het moet zeggen. Zij zei juist dat ik het aan jou moest vragen,' protesteerde Samantha.

'Welnee, dat zegt ze alleen maar. Ik ga er niet over.'

Samantha knipperde in verwarring met haar ogen. Ze zag eruit als een kind dat is achtergelaten in de middenberm van een snelweg, waar het verkeer in twee richtingen aan haar voorbijschiet.

'Pa-hap! Kunnen we niet met zijn allen naar mama's blokhut? Gewoon voor eventjes? Ik wil mama's blokhut zien!' Samantha's stem klonk schril. Ik wist dat dat niet slim was, maar ze was niet meer te stoppen. Ze bleef maar doorgaan met haar kinderachtige gezeur, terwijl ze aan mijn vaders arm trok tot hij zijn geduld verloor, haar pols pakte en die omdraaide. Samantha piepte als een gewonde pup en viel op één knie, waarna papa haar losliet en diep ademhalend, met gelijkmatige en kalme stem zei: 'Zoals ik al zei, Samantha – en dat moeten jullie nou allebei maar eens in je oren knopen – zíj moet het beslissen, niet ik.'

Samantha beet in haar onderlip om niet in snikken uit te barsten. Ze wist dat ze dat beter niet kon doen.

Tegen de tijd dat we naar bed gingen was Samantha's pols rood opgezwollen op de plek waar mijn vaders vingers hadden gezeten. De volgende dag leek het alsof ze een roodblauwe armband droeg.

Ik vond het zielig, maar ja, ze had papa uitgedaagd. Ze moest maar leren dat je dat beter niet kon doen. Dat had ik ook moeten leren toen ik zo oud was als zij.

Pas twee dagen later viel mijn moeders oog op Samantha's pols. Ze kwam pas twee dagen later thuis, dus eerder had ook niet gekund.

'Wat is dat nou, Samantha?' vroeg ze. 'Wat is er met je pols gebeurd?'

'Ik weet niet,' mompelde Samantha, 'ik denk dat ik, eh, dat ik gevallen ben of zo.'

'Gevallen? Waar dan?' vroeg mijn moeder ongerust, maar Samantha trok haar arm weg en wilde niet dat mijn moeder haar aanraakte. 'Ja, waar denk je nou dat iemand valt?' zei ze snerend. 'Op die stomme grond natuurlijk.'

Dit gebeurde in juni.

Juni was een lange maand.

Ik zou eigenlijk twee weken naar een kunstkamp op Bainbridge Island gaan, waar een paar vrienden van school ook heen gingen, maar ik was niet toegekomen aan het invullen van het inschrijfformulier en mijn moeder was het waarschijnlijk ook vergeten. Elke week beloofde mijn vader dat we een paar dagen naar Cape Flattery zouden gaan, waar een of andere rijke zakenman uit Seattle een huis aan de kust had, maar mijn vader (op de een of andere manier wist ik dat) vond het gênant om er zonder zijn vrouw heen te gaan. Hoe zou hij de afwezigheid van zijn echtgenote moeten uitleggen? Hij moest Krista overhalen om met haar gezin mee te gaan. Ik hoorde een paar telefoontjes. Niet dat ik liep af te luisteren; ik hoorde ze gewoon.

Er waren ook zo veel mensen die Reid Pierson graag wilden ontvangen in hun prachtige vakantiehuizen; hij kon gewoon niet kiezen. En het honkbalseizoen was ook alweer begonnen. En Maria was ontslagen (door mijn vader. Waarom, dat kregen we niet te horen), dus er moest iemand anders gezocht worden. Vervolgens kreeg Samantha zomerbronchitis. En toen was juni toch voorbij.

4 juli: Cape Flattery

'We maken het ook zonder mama wel gezellig, hè, Franky?'

Op Onafhankelijkheidsdag gingen we met mijn vader naar Cape Flattery, helemaal in het noordwestelijke puntje van het Olympisch Schiereiland. We vonden het spannend! Het was het eerste uitstapje met onze vader sinds lange tijd. Het huis van de familie Blount, Blounts' Lodge, was tien kilometer ten zuiden van de kaap gebouwd op een hoge, rotsachtige klif die uitkeek over de groen-witte golven van de Stille Zuidzee. Mijn vader had beloofd dat we gingen zeilen en naar de walvissen kijken. Het gezin Blount had drie kinderen, twee jongens en een meisje, dus 'voor ons was het ook leuk'.

Er was even sprake van geweest dat mijn moeder ook mee zou gaan, althans, daar had mijn vader op gezinspeeld. Maar op de ochtend dat we naar Cape Flattery vertrokken, vertelde mijn vader ons dat de plannen op het laatste moment gewijzigd waren. 'Ze is van gedachten veranderd, meisjes. Ze heeft zonet gebeld om te zeggen dat ze niet mee gaat.' 'Maar waarom dan?' huilde Samantha. 'Waarom gaat mama niet mee?' Mijn vader haalde zijn schouders op. 'Dat moet je maar aan haar vragen, meisje.'

Later zei hij met een stem die vergevingsgezind moest klinken: 'Zoals ik al zei, meisjes, ze heeft nu haar eigen plekje. Skagit Harbor.'

Elke keer dat mijn vader het over mijn moeder had, leken zijn woorden weer een andere, mysterieuze lading te krijgen.

Eerst zweren ze dat er 'niemand anders in het spel is'. En dan, later, kom je erachter dat er niet alleen 'iemand anders in het spel is', maar dat die 'iemand anders' de reden is voor hun vreemde gedrag: het geruzie, het gehuil, het gedraai, de drank; al die dingen die ervoor zorgen dat je je gaat schamen dat je die mensen ként. En dan zijn het ook nog eens je ouders. En dan komt, natúúrlijk, de scheiding. En die sleept eindeloos voort. Het houdt nooit op, omdat het hele gedoe ook binnen in je zit. Je sleept het met je mee, overal waar je naartoe gaat, als een schildpad zijn misvormde schild.

Dit zeiden vriendinnen van me. Meisjes van Forrester van wie de ouders gescheiden waren. Ik hoorde het aan en dacht: dat gaat ons niet overkomen. De Piersons zijn een uitzondering.

De roodblauwe armband van Samantha was nu bijna vervaagd. Je moest het weten om het nog te zien. Op weg naar Cape Flattery zag ik hoe Samantha, voorin naast mijn vader, af en toe haar tengere arm naar het licht hield en haar pols bestudeerde. Zelf zat ik onderuitgezakt op de achterbank, las in mijn dagboek en maakte nieuwe aantekeningen.

Sinds mijn vader haar had terechtgewezen, gedroeg Samantha zich in zijn nabijheid beter. Ik ook trouwens.

Halverwege de middag kwamen we aan bij het vakantiehuis van de familie Blount. Mijn vader had wat moeite gehad om het te vinden, want het lag vrij ver van de weg af in een dicht naaldbomenbos. Hij had ons het een en ander verteld over de Blounts, die grote fans van hem waren en trouwe vrienden.

Mijnheer Blount was multimiljonair en stond in de regio bekend om zijn gulle donaties aan sociale initiatieven en goede doelen. Hij had vroeger gestudeerd aan de universiteit van Washington en financierde nog steeds sportbeurzen voor studenten daar. Vorig jaar zelfs een beurs die de naam van mijn vader had gekregen: de Reid Pierson Class of '78 Football Beurs. 'Dat was een van de grootste eerbewijzen van mijn leven, dat kan ik je wel vertellen,' zei mijn vader geïmponeerd. 'Het was een volkomen verrassing.'

Als mijn vader dit soort dingen zei, wist ik nooit of hij het alleen tegen Samantha en mij had, of ook tegen andere, onzichtbare toehoorders. Soms kon ik zijn publiek haast zien, aan de andere kant van het voetlicht. Ik hóórde hun gejuich en applaus.

Eindelijk vond mijn vader de oprit van de familie Blount. Het was een hobbelig weggetje vol gaten waar je eigenlijk met een Jeep overheen moest. Mijn vader vloekte in zichzelf en Samantha en ik hielden ons muisstil. Na een paar honderd meter kwamen we echter bij een zonovergoten open plek en zagen we het vakantiehuis van de Blounts boven ons opdoemen. Het was zo imponerend dat we alleen maar konden staren. 'Dat is nog eens klasse, meisjes,' mompelde mijn vader tevreden. 'Wat een rijkdom en smaak.'

Het 'vakantiehuis' had de omvang van een bescheiden hotel. Het was opgetrokken uit hout en steen en had talloze openslaande deuren, balkons en terrassen. Op het dak stonden prachtige stenen schoorstenen versierd met een soort Indiaanse gargouilles en totempalen. Achter het huis was de klif, die een adembenemend uitzicht bood op de oceaan. Bij uitzondering hing er eens geen mist, zodat je tot aan de horizon kon kijken.

Er stonden minstens acht auto's op de ronde oprit voor het huis. De moed zakte me in de schoenen – ik had niet verwacht dat er zo veel gasten voor de vierde juli zouden zijn. Op de een of andere manier had mijn vader het doen voorkomen alsof Reid Pierson en zijn gezin de enige logés zouden zijn.

Mijn vader was onmiddellijk in een fantastisch humeur. Hij schudde handen, kuste en omhelsde. Iedereen kende Reid Pierson en iedereen voelde zich automatisch tot hem aangetrokken. Nu en dan herinnerde mijn vader zich weer dat Samantha en ik er ook waren en dan wenkte hij ons, of knipte met zijn vingers als een goochelaar: 'Meiden! Sammie en Franky, kom 'es.' Mijn vader was trots op zijn dochters en iedereen mocht dat weten.

Samantha was een van de beste leerlingen van de Country Day school; Franky was een ster in het meisjes zwem- en duikteam van Forrester; en Todd, die er vandaag helaas niet bij kon zijn, deed semi-professioneel aan football op het Washington State College.

Als iemand naar zijn vrouw vroeg, glimlachte hij en schudde laconiek zijn hoofd: 'Krista kon helaas niet komen. Ze vond het vreselijk jammer. Ze heeft een vreselijk veeleisende familie in Portland die voortdurend haar hulp inroept om allerlei "crises" op te lossen...'

Ik vroeg me even af of dat waar was. Zou mijn moeder niet in Skagit Harbor zijn maar in Portland? Had tante Vicky me daarom gebeld en gemaild?

Zodra we de Blounts in het vizier kregen, vooral mevrouw Blount, die ongeveer van mama's leeftijd was, maar blond, tot in de puntjes verzorgd en glamoureus op een manier die mijn moeder had afgezworen, had ik heimwee naar huis en naar mijn moeder. In dit prachtige buitenverblijf aan de oceaan, op een feestdag, voelde ik me eenzaam, onhandig en onzeker. Samantha en ik waren wezen op dit feest. Iedereen kende elkaar, kinderen renden in en uit, onbekenden slenterden langs met een glas in de hand en riepen: 'Fijne Onafhankelijkheidsdag! Wat een weer, hè? En dat mag ook wel eens.' Of, als ze leuk wilden zijn: 'Heerlijk weer, hè? Dat heeft Bud besteld.'

Mevrouw Blount nam mijn handen in de hare en zei: 'Jij bent Franky, hè? Wat ontzéttend jammer nou toch dat je moeder er vandaag niet bij kan zijn. Ik hoop dat de "familiecrisis" niet al te ernstig is?'

'Ach, er liggen alleen wat mensen op sterven.'

Dit was een opmerking van Freaky – ik kon het niet binnenhouden. Er verscheen een blik van ontzetting op mevrouw Blounts strakgetrokken, opgemaakte gezicht.

'O hemeltje. Ik hoop... het is toch niet...' Mevrouw Blount had zich voorgenomen opgewekt te zijn op haar feestje en daarbij had ze mijn hulp nodig; we stonden te stuntelen als kanovaarders die dreigen om te slaan en worstelen met hun peddels.

Ik mompelde een vaag antwoord dat uitgelegd zou kunnen worden als 'Het valt wel mee. Het zal wel niet zo lang meer duren,' en mevrouw Blount deed alsof ze blij was dat te horen. Ze glimlachte en kneep in mijn handen met een gebaar van moederlijke sympathie. Maar ondertussen gleed haar blik langs me heen in de richting van een andere, veelbelovender gast die zojuist was gearriveerd.

'Sorry, ik moet even... We praten straks verder.'

Toen was het de beurt aan Bud Blount, de gastheer, om me te begroeten. Hij was een hartelijke man van een jaar of vijftig met een rood gezicht, een dikke bos grijzend haar op zijn hoofd en een driehoekje donkerder haar in de hals van zijn poloshirt. 'Ik hoor van je vader dat jij aardig kunt zwemmen. En duiken, hè? Net als ik. Nou ja, vroeger dan, toen ik nog op college zat. Moet je eens meekomen.' Hij wilde me zijn olympisch zwembad laten zien dat zichtbaar was vanaf de zijkant van de houten veranda, maar hij werd afgeleid door andere gasten, waaronder mijn vader, die hem complimenteerden met de wijn die er werd geschonken en die wilden weten waar die vandaan kwam. Ik was het liefst weggeslopen terwijl ze aan het praten waren, maar Blount hield mijn arm vast. 'Mijn zoon van zestien, Sean, is ook een fantastische duiker. Sean? Waar is Sean, Leila? Moet je horen, waarom trekken jullie niet lekker jullie badpakken aan om een kleine demonstratie te geven? Dat doen jullie vast fantastisch. Ik zou het in elk geval niet meer kunnen.' Hij grinnikte en klopte op zijn buik die over de riem van zijn korte broek puilde. 'Ik kan alleen nog maar buiklandingen maken, maar jullie zijn nog in een bloedvorm.' Blount trok aan mijn paardenstaart alsof ik vijf was en deed een uitval naar mijn buik alsof hij erin wilde knijpen.

Hallo! Dat kon ik niet echt waarderen, maar het was snel voorbij en Blount was duidelijk geen vervelende man. Hij wilde alleen leuk en gezellig doen; mijn vader had daar ook wel eens last van als hij had gedronken. Daarom onderdrukte ik de neiging om hem weg te duwen. Ik poeierde hem af met de smoes dat ik 'momenteel niet zwom of dook', vanwege 'de tijd van de maand'. Dit was een truc van Freaky: doen alsof ik me vreselijk opgelaten voelde en er tegelijk voor zorgen dat Blount zich ook opgelaten voelde, toen hij het eenmaal doorhad. Zijn bolle gezicht werd nog roder dan eerst. 'O, eh, sorry...'

'Maar een ander keertje, graag! Nodigt u ons nog maar eens uit.'

Samantha en ik hadden een gezellige meisjeskamer met kampeerbedden op de tweede verdieping en mijn vader kreeg een kamer aan overkant van de gang. Het voelde raar om hier te logeren, als in een hotel, zonder dat mijn moeder erbij was om op ons te letten. 'Kunnen we haar niet even bellen, Franky?' fluisterde Samantha. 'Alleen maar om even gedag te zeggen?' Maar het was mijn mobieltje en ik zei nee.

Ik nam niet de moeite om al mijn spullen uit te pakken; we bleven toch maar drie nachten.

Die avond zou er een barbecue zijn en er draaide al een speenvarken rond aan het spit. De geur van geroosterd vlees maakte me hongerig en misselijk tegelijk. Twyla was vegetariër en ik was van plan dat ook te worden, maar ik wist dat mijn vader het er niet mee eens zou zijn. 'Alternatieve onzin' vond hij dat. Ik voelde me hoe langer hoe meer onrustig en Freaky-achtig worden en ik vroeg me af waarom ik hier eigenlijk was. Waarom had ik niet de moed gehad om tegen mijn vader te zeggen dat ik Onafhankelijkheidsdag met mijn moeder in Skagit Harbor wilde doorbrengen?

Dat had je toch niet gedaan. Dat durf je niet.

Je bent gewoon een hypocriet.

Dat was de spottende stem van Freaky in mijn hoofd.

Voordat de barbecue zou beginnen en de duisternis inviel, nam Blount een aantal gasten mee op zijn zeiljacht Triumph II om naar de walvissen te gaan kijken. Daar verheugde ik me enorm op – ik was dol op orka's, die zo'n speciale band met mensen hebben. Op het water was het echter koud; de wind blies druppels in ons gezicht en het voelde meer aan als november dan als een zomerse avond. Samantha vond het eng dat de boot zo heen en weer ging door de golven.

Meneer Blount stond aan het roer en mijn vader was tweede

schipper. Ze stonden met zijn tweeën te lachen en riepen: 'Walvissen! Walvissen aan stuurboord. Opgelet nu!' We letten op, maar zagen geen enkele walvis; en als we ze al dachten te zien, wisten we het niet zeker omdat ze in hetzelfde ritme als de golven omhoog en omlaag doken. Ik vroeg me af of de walvissen ons plaagden en uitlachten. Na een kwartiertje werden Samantha's lippen en vingernagels blauw en ze rilde zo hard, dat ik een trui voor haar in de kajuit ging halen en die om haar heen sloeg. Samantha probeerde braaf in de richting te kijken die mijn vader wees, maar ze was als verdoofd en haar blik was leeg. De boot rolde alle kanten op en we konden nauwelijks ademhalen in de straffe wind. Ik kon zelfs het huis van de Blounts op de klif niet meer zien, zoveel mist en opstuivend water hing er in de lucht. Maar op de Triumph ii was de sfeer vrolijk na alles wat de volwassenen gedronken hadden. Het was tenslotte de vierde juli, een feestdag.

De broertjes Blount, Sean en Chris, waren ook mee. Sean kende ik als type wel van school: hij was zo'n jongen die je een beetje schuins aankijkt alsof hij je voortdurend beoordeelt, zonder te laten merken of wat hij ziet hem bevalt of niet. Sean had nog niet kunnen besluiten wat hij van me vond; hij was onder de indruk van het feit dat ik de dochter van Reid Pierson was, maar hij was er nog niet uit of ik wel leuk en sexy genoeg was om energie in te steken. Ik scheelde maar een jaar met hem, maar hij dacht waarschijnlijk dat ik jonger was. Toch leek hij me wel te mogen; hij wilde in elk geval indruk op me maken. Hij gaf me een verrekijker zodat ik de walvissen kon zien, die aan de oppervlakte kwamen en al springend hun gladde, glanzende kopen in de lucht staken om daarna weer te verdwijnen. 'Zie je ze? Gaaf, hè, die walvissen?' Ik bedankte hem en gaf de verrekijker door aan Samantha.

Sean zei dat hij best op walvisjacht zou willen gaan, zoals in *Moby Dick*, met harpoenen. 'Weet je wat ik best zou willen? Een babywalvis vangen en die in ons zwembad africhten. En dat dan opnemen op video.'

Meende hij het serieus? Het leek er wel op.

'Maar dat is toch illegaal?'

Sean grijnsde en haalde zijn schouders op. 'Wie komt daar nou achter? De kustwacht? De FBI?'

Na een halfuurtje bonken op de golven, keerde Blount de boot en voeren we terug naar zijn privé-kade, waar de misselijkmakende, zoetige geur van het speenvarken ons tegemoet kwam.

De volwassenen gingen terug naar het terras, maar Sean wilde me iets laten zien: zijn 'privé-dierentuin'. Je kon vanaf de kade over een weiland omhoog lopen, en daar hadden Sean en Chris achter de driedubbele garage een aantal kooien staan. Samantha en ik wisten niets te zeggen toen we de verzameling van de jongens zagen: een haas, een jong vosje, twee zenuwachtige wasbeertjes en een jonge uil. 'Gaaf, hè?' schepte Sean op. 'Vooral de vos. Af en toe komt zijn moeder langs om te blaffen en te miauwen.' Hij lachte. 'Als ze niet oppast, vangen we haar ook nog. Zie je deze val?'

Het was tenminste nog een diervriendelijke val en niet zo een waar een dier met zijn poot in vast kwam te zitten.

Ik voelde een vlammende woede in me opkomen. Dit was weerzinwekkend! Toch wist ik nog rustig uit te brengen: 'Hoe komen jullie aan die beesten?', alsof ik werkelijk onder de indruk was.

Sean gebaarde naar het bos. 'Uit de buurt. Daarginds is een natuurreservaat. We hebben ze gevangen. Er lopen er duizenden rond – wat maakt dat nou uit. Het zijn geen beschermde diersoorten of zo.'

'En wat ga je met ze doen?'

Sean haalde zijn schouders op. 'Geen idee. Het is gewoon voor de lol.'

'Ja, gewoon voor de lol,' praatte Chris zijn oudere broer grijnzend na.

'En wat vinden je ouders ervan?'

'Wat maakt dat nou uit?'

Samantha staarde naar de haas. Hij was veel groter dan de konijntjes die je met Pasen in de dierenwinkel ziet. Het was een prachtig, triest uitziend beest met vochtige, donkere ogen, een trillende neus en vreemde, omgeknakte oren. 'Vinden jullie het niet zielig?' vroeg ze.

'Welnee. Ze krijgen toch goed te eten?'

Maar dat was niet waar. De plastic waterbakken waren bijna leeg en niet bepaald schoon. De hokken waren smerig. Chris prikte met een stok naar de wasbeertjes terwijl hij lachte om hun doodsangst, tot een van de beertjes in de stok beet en die bijna uit Chris' hand trok. 'Hé, oppassen jij, hè!' schold Chris. Dat vonden de jongens om de een of andere reden grappig: ze barstten allebei in lachen uit. Samantha en ik probeerden de haas wat gras te voeren, maar hij bleef lusteloos zitten en trok zich toen terug in een hoek van de kooi. Sean strooide een soort korrelig hondenvoer in de kooien, maar geen van de dieren at ervan. De jonge vos, die ongeveer zo groot was als een volwassen kat, zat ineengedoken te hijgen tegen het gaas aan de achterkant van de kooi en staarde ons onafgebroken aan met zijn geelbruine ogen. Zijn smalle borstkas ging snel op en neer. Ook de uil verloor ons niet uit het oog. Help ons! Red ons! Ik bedacht hoe mijn moeder in dit geval zou reageren. Weer ging dat hete, vlammende gevoel door mijn hoofd. Het was een verontrustend en opwindend gevoel. 'Ze zijn hier wel eenzaam,' zei Samantha ongerust. 'Ik zou ook niet in een kooi willen zitten. Jullie moeten ze eruit laten, dan kunnen ze weer naar huis.'

'Als we daar zin in hebben, doen we het wel een keer,' antwoordde Sean.

Ik wilde hun wantrouwen niet wekken, daarom stelde ik nog wat beleefde vragen, alsof ik onder de indruk was, en daarna gingen we terug naar het terras, waar de mensen begonnen op te scheppen van een groot buffet.

Zodra het donker was, begon er een vuurwerkshow, waarvoor meneer Blount iemand uit Seattle had ingehuurd. De mensen riepen als kinderen o en ah, terwijl de veelkleurige flitslichten in sterren uiteenspatten. Ze hielden hun oren dicht tegen het lawaai. Eerst kon ik mijn vader niet vinden, maar tenslotte zag ik hem aan de rand van het terras staan, omringd door bewonderaars. Hij was in een feestelijke stemming en had losjes een arm geslagen om de blote schouders van een zeer jonge vrouw met dramatisch steil, blond haar. Af en toe riep hij Samantha en mij toe: 'Vinden jullie het leuk, meiden?' En: 'Prachtige show, hè?'

Ik herinnerde me zijn belofte: geen scheiding. Nu niet en in de toekomst niet.

Met Freaky's snelheid en sluwheid glipte ik van het feest weg toen iedereen naar het vuurwerk stond te gapen.

Ik liep direct naar onze auto op de oprit. Ik wist dat mijn vader een zaklamp in het handschoenenkastje had. Die nam ik mee en vervolgens sloop ik naar de 'privé-dierentuin' achter de garage van de Blounts. '4 juli. Leve Onafhankelijkheidsdag, jongens!'

Eén voor één maakte ik de kooien open. Eerst die van de wasberen, toen van het vossenjong, de haas en ten slotte de uil. Mijn hart bonsde als een gek, maar ik wist niet of dat van angst of van blijde opwinding kwam. Mijn handen trilden. Eerst maakten de beesten geen beweging. Ze waren bang voor me en maakten zich klein in hun hokken. De geelbruine ogen van het vosje glommen als reflectors en de haas rilde zichtbaar. Ik deed wat stappen achteruit en hield de zaklamp naar beneden. 'Hup! Naar huis! Jullie zijn vrij.'

Nog steeds bewogen ze niet.

In de lucht boven het huis barstte de ene na de andere vuurpijl open. De o's en ah's werden luider naarmate de mensen dronkener werden. Ik voelde afschuw. Als dieren konden denken, wat zouden ze dan van onze soort vinden? Wij die zo raar en uitbundig konden doen en tegelijkertijd zo wreed en egoïstisch waren. Wreed uit egoïsme en domheid zoals de broertjes Blount, die deden alsof dieren niet 'echt' waren en geen gevoel hadden.

Uiteindelijk schoot de grote wasbeer uit zijn kooi en hobbelde zo snel als hij kon naar het bos, zonder nog achterom te kijken. De andere wasbeer was voorzichtiger, maar volgde hem toch. De haas leek verstard en knipperde ongecontroleerd met zijn donkere, uitpuilende ogen, maar het vossenjong naderde de openstaande deur van zijn kooi, snuffelend alsof het een valstrik kon zijn. De uil bewoog zich niet, nog geen veertje. Ik trok me nog verder terug en deed de zaklamp uit. 'Hup! Naar huis.'

Toen ik terugrende naar het huis, was ik dolgelukkig.

De adrenaline kolkte door mijn lijf. Door het lijf van Freaky Groene Ogen.

De volgende ochtend klonk er geschreeuw van de broertjes Blount: iemand had hun privé-dierentuin gesaboteerd. De verdenking viel meteen op mij, dus ik haalde mijn schouders op en gaf het toe.

'Inderdaad, ik heb het gedaan. Ik heb de kooien opengezet.'

Iedereen staarde me aan alsof ik een misdadiger was, de Blounts, mijn vader en Samantha. Ik lachte alleen maar.

'Wie denk je wel dat je bent?' zei Sean boos. 'Die dieren waren van ons.'

Freaky laat zich nooit verrassen en ik had dan ook van tevoren bedacht wat ik zou zeggen. Ik zette mijn handen in mijn zij, stak mijn kin vooruit en zei rustig: 'Die dieren waren helemaal niet van jullie; het waren wilde dieren. Ze waren jullie bezit niet.'

Het werd een vervelende toestand. Ik had niet gedacht dat ze me met mijn daad zouden feliciteren, maar dat de Blounts zo boos zouden zijn, had ik niet voorzien. Ik had wel verwacht dat Sean en Chris ziedend zouden zijn, maar ik dacht dat de volwassenen anders zouden reageren. Dat was niet het geval. Ik had de situatie verkeerd ingeschat. Desondanks probeerde ik rustig te blijven. 'Ik heb ze vrijgelaten omdat het illegaal is om wilde dieren in kooien te houden. Het is wreed en ik heb er geen spijt van,' zei ik.

'Francesca, bied je excuses aan. Nú!' zei mijn vader.

'Maar pap, ik heb er geen spijt van.'

'Excuses, nu meteen, zei ik!'

Wat mijn vader boos maakte, was Freaky's koppigheid. 'Nee, ik doe het niet. Ik heb gedaan wat ik moest doen en ik heb er geen spijt van.'

Nu werd mijn vader pas echt razend. Meneer Blount zag het en probeerde hem te kalmeren. 'Het maakt niet uit, Reid. De jongens vullen hun dierentuin wel weer aan. Er zitten dieren genoeg hier in het bos.' Maar mijn vader viel hem telkens in de rede en bleef herhalen dat ik mijn excuses aan moest bieden. Ik bleef nee schudden. Uiteindelijk verloor hij zijn geduld, greep mijn arm en schudde zo hard, dat mijn tanden klapperden. 'Verdomme. Doe wat ik zeg. Bied je excuses aan Francesca, of ik breek alle botten in dat rottige lichaam van je!'

'Reid, nee! Niet doen...'

'Alsjeblieft, Reid!'

Allebei de Blounts kwamen verontrust tussenbeide. Meneer Blount trok aan mijn vaders vingers tot hij me losliet. Huilend verliet ik de kamer.

We reden nog dezelfde ochtend terug naar Yarrow Heights. Aan ons uitje naar Cape Flattery ter ere van 4 juli was een abrupt einde gekomen.

In de auto heerste urenlang een ijzige stilte. Zelfs de radio of de cd-speler gingen niet aan. Samantha las voorin, naast mijn vader, een kinderdetective uit en begon aan de volgende. Af en toe durfde ze achterom te kijken naar haar in ongenade gevallen oudere zus, die op de achterbank lag met een vochtige doek over haar gezicht en probeerde niet te kreunen van de pijn. Mijn hoofd bonsde en mijn nek en zelfs het bovenste stuk van mijn ruggengraat dreunden van de pijn. Maar ik wist dat wat Freaky had gedaan goed was en dat ze de straf dus maar voor lief moest nemen.

De wasberen die het bos in waggelden; de haas die zijn verlamming van zich afschudde; het vossenjong dat voorzichtig rondsnuffelde; en de uil met zijn zachte, grijze veren en zijn intense, starende blik die uiteindelijk toch was weggevlogen...

Ja, soms moet je straf riskeren om iets goeds te kunnen doen.

Schaamte

Breek elk bot in je lijf.

Elk bot in dat rottige lijf van je.

De daaropvolgende nachten werd ik elk uur wakker van mijn vaders stem, vlak boven mijn hoofd. Ik zweette over mijn hele lichaam en mijn hart bonsde, niet van triomf, maar van paniek. Ik voelde de vingers diep in mijn armen en de haat tegen mijn koppige lichaam. Ik proefde de vernedering van de situatie als iets zwarts en rottends in mijn mond. Als de starende ogen van de anderen. En mijn eigen starende ogen.

Het was niet de eerste keer dat ik straf kreeg, maar wel de eerste keer dat er vreemden bij waren.

Reid, niet doen. Je doet haar pijn, Reid...

Hou je erbuiten. Ze heeft straf verdiend. Moet je zien, ze huilt niet eens.

Ze is doodsbang, Reid. Ze kán niet eens huilen...

Donder op. Een mooie moeder ben jij.

Ik werd wakker en wist niet meer of het echt was of een droom. Een droom, toch? Een nare droom. Soms kon ik, hoewel ik wakker was, mijn armen en benen niet meer bewegen, alleen mijn ogen. Dan deed ik ze open en zag alleen de wazige contouren van de kamer. Maar welke kamer was dit eigenlijk? En welk bed? Bewegen kon ik niet, ik kon nauwelijks ademhalen. *Ze kan er niets aan doen, schat. Ze is pas twee. Ze kan het nog niet beredeneren, lieverd. Als ze zo bang is, plast ze automatisch in haar broek. Ze doet het niet met opzet. Ze is pas twee...* Ik deed mijn ogen dicht en sliep.

Dagen gingen voorbij en nog steeds weigerde mijn vader tegen me te praten.

Als we in dezelfde kamer waren, keek hij dwars door me heen. Hij knuffelde en kuste Samantha nadrukkelijk en die sprong in zijn armen. 'Pappie! Ga je nou alweer weg?' Natuurlijk ging mijn vader alweer weg. Naar St. Louis dit keer, voor een dubbelwedstrijd honkbal. Dat betekende dat mijn moeder terug moest komen, en dat deed ze ook, met Konijn in de stationwagen. Ik wilde samen met Samantha naar ze toe rennen om ze gedag te zeggen, maar ik hield me afzijdig, behoedzaam. Als ze me ziet, weet ze het wel. Dan weet ze het meteen.

Ik droeg T-shirts met mouwen die over mijn ellebogen vielen. Als er een lichtstraal in mijn ogen viel en mijn hoofd, mijn nek en mijn ruggengraat weer begonnen te bonzen, beet ik mijn tanden op elkaar en huilde niet hardop. Ik doorzocht het medicijnkastje van mijn moeder op zoek naar pijnstillers en stal drie tabletten van iets wat voorgeschreven werd bij 'spastische spierpijnen', maar besloot ze toch niet in te nemen – straks zou ik het effect misschien wel iets te prettig kunnen vinden.

Ik kan het niet, pap. Ik kan mijn excuses niet maken. Begrijp het nou, pap.
Papa?

We zaten met zijn allen naar mijn vader op tv te kijken, mijn moeder, Samantha en ik. En Konijn. We maakten ons nooit zenuwachtig over mijn vaders optredens – daar was hij te zelfverzekerd en welbespraakt voor, in tegenstelling tot zijn collega-sportverslaggevers. Die waren intelligent en goedgeïnformeerd, kenden de voorgeschiedenis van de spelers en hun slaggemiddelden en dergelijke, maar mijn vader wist andere, meer persoonlijke details. Hij kon het hebben over de individuele strategieën van de spelers, over de spanning voor een wedstrijd, over hoe het voelt om met een blessure te worden afgevoerd terwijl je teamgenoten doorspelen en winnen. Vandaag interviewde mijn vader een 22-jarige pitcher uit de Dominicaanse Republiek die hakkelend Engels sprak, en mijn vader had zo'n enthousiast en leuk gesprek met hem dat het leek alsof ze elkaar al heel lang kenden. Het interview eindigde met de jonge leeftijd van de pitcher. 'Jouw generatie erft de 21ste eeuw van ons. Dat betekent een hoop uitdagingen, maar jullie beschikken over de moed en de hersens om daarmee om te gaan. Ik vind jullie geweldig. Veel succes!' Hij schudde de jonge sportman de hand en ik moest slikken – het was alsof mijn vader mij ook de hand schudde. Het was een soort signaal: hij wist dat ik zat te kijken en hij had me vergeven.

Na het incident in Cape Flattery had mijn vader me bijna volledig genegeerd. Nu had ik het gevoel dat er iets was veranderd. Ik kon nauwelijks ademhalen, zo gelukkig was ik.

Ook mijn moeder had tijdens het interview de tranen uit haar ogen moeten vegen. 'Nou,' zei ze toen het voorbij was, 'jullie vader is wel ongelofelijk, hè?' Maar haar stem klonk triest en ik zag dat ze aan de zilveren ring om haar vinger zat te draaien.

Twee weken en drie dagen na Cape Flattery kwam mijn vader thuis uit St. Louis. De wedstrijden waren goed verlopen en de kijkcijfers waren hoog. 'Hallo meiden,' riep mijn vader blij tegen Samantha en mij, 'vertel eens even hoe erg jullie je oude vader gemist hebben!' Het was de eerste keer dat hij me weer recht aankeek sinds die ochtend in het huis van de Blounts. Ik zag dat hij me inderdaad vergeven had. Ik lachte en omhelsde hem en begon te huilen van blijdschap.

Zo was mijn vader nou eenmaal. Hij kreeg een woede-uitbarsting en zei dan dingen die hij niet meende; daarna ging hij weg en als hij terugkwam, was het alsof er nooit iets was voorgevallen. Hij zei nooit dat hij ons vergaf, of dat hij niet meer boos was... Hij lachte en vergat de hele boel. En dat verwachtte hij ook van jou.

23 juli: Skagit Harbor

Na mijn vaders terugkeer uit St. Louis heerste er een andere sfeer in huis, alsof mijn ouders vastbesloten waren samen gelukkig te zijn, of om dat in elk geval te proberen. Ik hoorde hoe ze ernstig zaten te praten in hun slaapkamer aan het andere eind van de gang. Het waren niet de woorden zelf die ik hoorde, maar het geluid van woorden, een mysterieus gemompel.

Een keer leek het of mijn moeder snikte – of nee, waarschijnlijk was het lachen.

Denk ik.

Freaky wilde dat ik ze zou afluisteren. Probeer zoveel mogelijk te weten te komen. Kennis is macht. Maar ik aarzelde, bang om betrapt te worden.

Op een ochtend kondigde mijn vader tijdens het ontbijt aan dat hij een paar dagen naar New York zou gaan. Daarna knipoogde hij naar Samantha en mij alsof hij een verrassing voor ons had en zei: 'Jullie moeder heeft jullie ook nog iets te zeggen, meiden.'

'Ja,' zei mijn moeder nerveus lachend en opgewonden. 'Dat klopt. We gaan morgen naar Skagit Harbor.'

Ik keek naar mijn vader. Even voelde ik een steek van angst.

Maar mijn vader glimlachte, tevreden met zichzelf. Hij liet zijn meisjes gaan. Hij gaf Samantha en mij Skagit Harbor als een cadeautje. En Samantha en mij gaf hij als cadeautje aan mijn moeder.

Waarom? Omdat hij dat kon doen. Omdat dat in zijn macht lag.

Samantha gilde van plezier. Deed ze dat maar niet! Ik wist dat mijn vader ons in de gaten hield. 'Hoe lang blijven we daar, mam?' vroeg ik effen. Het was een neutrale vraag die mijn vader zou kunnen waarderen.

Mijn moeder knipoogde glimlachend naar me. Ze draaide de zilveren ring rond om haar vinger en wierp een blik op mijn vader die volledig in beslag leek te worden genomen door het tv-journaal. 'Hoe lang?' zei ze toen. 'Eh, dat weet ik nog niet precies.' Ik vermoedde dat mijn vader daarover zou beslissen en dat mijn moeder het inderdaad nog niet wist.

Skagit Harbor! Ik was er al eindeloos lang niet meer geweest; de laatste keer zat ik nog op Forrester, in de zesde van de basisschool of zo. Samantha was nog maar een klein meisje.

Ook toen was mijn vader niet met ons meegegaan, en Todd ook niet.

Vreemd genoeg had ik moeite om me mensen te herinneren. Je gebruikt je ogen om dingen te zien, maar jezelf zie je nooit. Dus wat je ziet, vooral plekken, staat je nog haarscherp voor ogen, maar jijzelf niet. En je vader en moeder zie je elke dag, dus van hen is het moeilijk om je te herinneren hoe ze er vroeger uitzagen. Als je geen foto's had, zou je geheugen vaag en mistig zijn.

Maar Skagit Harbor kon ik me heel goed herinneren. Het was een oud vissersplaatsje aan de rivier de Skagit, ten noordoosten van Puget Sound en ten westen van het Cascadegebergte. Het was een uur rijden van Seattle en nog een uur verder zat

je al in British Columbia, in Canada. Je had daar vooral land-
bouwgrond, maar ook wildernis; grazende kuddes en paarden,
maar ook kilometers lang naaldbossen met blauwe sparren.

Mijn moeder vertelde dat de plaatselijke bevolking, vooral de
vissers, het economisch moeilijk hadden. Maar het was een
trots slag mensen. De inwoners van Skagit Harbor waren dol
op de plek waar ze woonden en trots op hun huizen en tuinen.
'Kijk. Mooi is het hier, hè?' zei mijn moeder telkens terwijl we
door de hoofdstraat naar een heuvelachtig straatje met de
naam Harbor reden en daarna langs de Eerste, Tweede en Derde Dwarsstraat. Samantha en ik keken onze ogen uit. Overal
waren nog de oude Victoriaanse huizen en gebouwen bewaard
gebleven, ook al zagen ze er soms een beetje verwaarloosd en
vervallen uit. De hoofdstraat leek welvarend met een aantal
nieuwe galeries en restaurantjes. Mijn moeder wees ons Galerie De Orka aan, een klein winkeltje waar wat werk van haar
stond.

Aan de oostkant van het dorp, aan het water, lag een haventje
waar robuuste oude vissersbootjes en roestige sloepen lagen.
Aan het andere eind van het dorp was een bescheiden jachtha-
ven met zeilboten, speedboten en jachten, volgens mijn moeder voor het merendeel eigendom van de zomergasten. Op een
heuvel aan het eind van de Havenstraat stond het Regionaal
Historisch Museum, een oud stenen gebouw dat op zich al een
monument was. Er waren dichtgetimmerde fabriekjes en wat
visverwerkende industrie die nog wel in bedrijf was. Een open
plek fungeerde volgens een bord als de 'SKAGIT HARBOR BOE-
RENMARKT ZAT/ZON'. We reden langs Hogans waar mijn moeder, zei ze, bijna al haar inkopen deed. Toen langs een paars,
naar alle kanten uitdijend Victoriaans huis waarvan de veranda en de voortuin vol stonden met 'antiek' en 'curiosa': rendie-

ren van gekreukeld zilverachtig materiaal met glitterslingers in hun geweien en levensgrote menselijke figuren gemaakt van metalen kleerhangers. We reden langs de vrijwillige brandweer waar mannen, sommige met ontbloot bovenlijf, hun brandweerwagen stonden te wassen. De mannen zwaaiden toen mijn moeder toeterde. 'Iedereen kent elkaar in Skagit Harbor,' zei mijn moeder.

Heel anders dan Yarrow Heights.

In Yarrow Heights is er nooit een mens buiten; stel je voor dat iemand je ziet! Laat staan dat je er toetert of gedag zegt. Maar in Skagit Harbor was het, voor een doordeweekse dag rond elf uur in de ochtend, verbazingwekkend druk op straat. Er waren mensen in hun tuin fruitbomen aan het snoeien – overal in de voortuinen stonden oude, kromgegroeide appelbomen, alsof dit deel van het dorp ooit één grote boomgaard geweest was – anderen sleutelden op straat aan hun auto of pick-up truck, of speelden met de kinderen. Heel veel kinderen. De honden liepen er los, en Konijn rilde van opwinding terwijl hij door een van de open zijraampjes blafte. We kwamen langs een paar kerkjes met begraafplaatsen, een groepje stacaravans ('Denk eraan, meisjes, het zijn stacaravans, geen woonwagens.') en zelfs langs een grote, oude vissersboot die eruitzag alsof hij door een vloedgolf uit de rivier was getild en hier was achtergelaten om vervolgens, lichtblauw geschilderd, als huis dienst te doen. Het dek was een veranda vol meubels en kinderspeelgoed en weelderige bossen bloeiende klimplanten. Op de veranda stond een vrouw van mijn moeders leeftijd met vlechten, samen met twee kleine kinderen en een border collie. Ook hier hield mijn moeder even in om te zwaaien en hallo te roepen. Het gaf me een schok om een onbekende zo vertrouwd en hartelijk 'Hé Krista!' terug te horen roepen. 'Dat is Melanie,' zei mijn moeder terwijl ze verder reed. 'Ze is pottenbakster, net als ik. Nou ja, net als ik probeer te zijn. Ze is een goede vriendin van me, en de buurvrouw.'

Ik voelde een steek van jaloezie. Kinderachtig, ik weet het, maar ik leek mijn moeders woorden met de oren van mijn vader te horen, en ik voelde zijn pijn. Vreemden aardig vinden? Daar komt niets van in.

Samantha vond de boot fantastisch. Konden wij ook maar met zijn allen in een boot op het land wonen.

Deer Point Road, door mijn moeder gekscherend de arme kant van het dorp genoemd, was een heuvelachtige, ongeplaveide weg aan de rand van Skagit Harbor. Aan de andere kant ervan begonnen de dichte naaldbossen. Er stonden vooral zomerhuisjes en blokhutten aan, geschilderd in allerlei opvallende kleuren – goudgeel, kobaltblauw, hardgroen, lavendelblauw en zelfs knaloranje. Het huisje van mijn moeder, dat in mijn herinnering nogal grauw en saai was, was nu kastanjebruin geschilderd, met heldergele zonnebloemen als lachende gezichtjes op de luiken en langs de randen van het steile dak. 'Ik heb niet alles zelf gedaan, hoor. Ik heb wat hulp gehad van vrienden en buren.' Het huisje had één raam aan de voorkant, een vierkant venster, waarachter een grote vaas stond die mijn moeder ooit in Yarrow Heights had gemaakt. Hij was gevuld met gedroogde guldenroede en salie.

'O mam, wat mooi!' Samantha smolt haast. 'Het lijkt wel een poppenhuisje.'

Mijn moeder lachte. 'Ja hè? Vooral wat de grootte betreft.'

Mijn vader had neerbuigend gezegd dat de hele blokhut niet groter was dan onze huiskamer, maar in werkelijkheid was hij zelfs nog kleiner. Het voelde claustrofobisch. Ik hield er niet van te dicht op elkaar te zitten; ik wilde mijn eigen plek. Ik had weliswaar een hekel aan het kille mausoleum waar we in woonden, maar je had daar in elk geval wel de ruimte.

In het kleine voortuintje boog een oude vlier zich over het huisje heen. Mijn moeder had maar ongeveer 4000 m² land, waarvan ze ongeveer de helft gebruikte; de rest was grasland met veldbloemen als geelwortel en cichorei. Er was geen echte oprit, alleen een hobbelig weggetje dat abrupt ophield bij een rij opgebonden tomatenplanten. Er was ook geen garage, maar ze gebruikte een oude stal als opslagruimte. Dan stond er nog een oud en vervallen gebouwtje achter de stal. Het was een hooischuur, die feitelijk op het land van iemand anders stond, maar eruitzag of ze ook wel van mijn moeder zou kunnen zijn. Op het dak stond een windhaan.

Die haan! Plotseling wist ik het weer. Ik was nog vrij klein geweest toen ik hier voor het eerst kwam met mijn moeder en ik had allerlei verhalen verzonnen over die koperen haan. Er waren in de buurt hanen die 's ochtends altijd kraaiden, maar ik geloofde dat het de windhaan was die ik hoorde. Mijn moeder had gedaan of ze me geloofde. 'Ja hoor, Francesca. Hij kraait altijd het eerst en het hardst.'

Mijn sprookjeshaan van zo lang geleden! Ik was inmiddels bijna volwassen en die haan stond daar nog steeds op het dak, alsof er niets was veranderd. De schuur was oud en het dak was doorgezakt, maar iemand had geprobeerde het te repareren met ongeverfde houten platen. Ik wilde mijn moeder en Samantha de haan aanwijzen, maar durfde plotseling niet meer.

Mijn moeder was zo blij als een kind toen ze de blokhut openmaakte en ons binnenliet. 'Ik hoop dat het niet te muf ruikt. Ik heb mijn werkplaats hier ook binnen.' Vanbinnen zag het huisje eruit als mijn moeders werkplaats thuis, alleen was het er gezelliger en stonden er meer meubels. Er stonden een geelgestreepte bedbank en rieten stoelen uit de 'antiekwinkel' waar we zojuist langs waren gereden. Mijn moeder had ze zelf groen, blauw en rood geverfd. Op de grond lag een prachtige, grofgeweven juten mat en aan de muur hingen dingen die mijn moeder deze zomer zelf had gemaakt: potten, dierfiguren en borduurwerk. Boven in het dak zat een raampje en er was een halfopen verdieping met een groot, koperen ledikant waar Samantha en ik in konden slapen. Om daar te komen moest je langs een laddertje omhoog. 'Gaaf, mam,' zei ik. 'Ik vind het hartstikke leuk hier!'

Ik zei het snel, voor ik mijn vaders snerende stem weer in mijn hoofd hoorde. 'Je moeder heeft nu haar eigen plekje. Daar zul je haar voortaan steeds vaker vinden.'

24-27 juli: Skagit Harbor

'Ik kom hier zo tot rust,' zei mijn moeder. Het eerste wat ik
's ochtends hoor is hanengekraai van de boerderij even verderop. Soms sta ik al om halfzeven op. Als het niet te erg mist, laat
ik meteen Konijn uit bij de haven. Hij vindt het hier ook heerlijk.'

Het was wel duidelijk dat Konijn het naar zijn zin had in Skagit Harbor. Mijn moeder liet hem meestal loslopen, iets wat in
Yarrow Heights verboden was. En in mijn moeders blokhut
voelde Konijn zich op zijn gemak omdat hij wist dat niemand
tegen hem zou schelden of een hekel aan hem had.

Mijn moeders dag zag er als volgt uit: 's ochtends werken in
het atelier, daarna lunchen en boodschappen doen in het dorp;
onverwachte bezoekjes van vrienden; nog wat werken in het
atelier en het huishouden doen; 's avonds kletsen met vrienden en buren. 'Ze zijn hier in Skagit Harbor niet echt formeel,
dat zul je wel begrijpen.' Mijn moeder liep rond in een korte
kaki broek met verfvlekken of een spijkerbroek; ze droeg een
T-shirt, gympen of sandalen of liep op haar blote voeten. Ze
had mooie lange benen en was prachtig bruin en haar haar, dat
kort was geknipt, was vaag rood met prachtige zilveren strepen
erdoorheen. Ze was bijna de hele tijd blij en liep als een school-
meisje over van energie en enthousiasme. Ze leek zo... vrij.

'Raar om te bedenken dat we met de meeste mensen uit onze

familie geen vrienden zouden zijn als ze geen familie waren,' had Twyla een keer gezegd. Toen was ik het met haar eens geweest, maar nu wist ik het niet meer zo zeker.

'Het is zo leuk bij jou, mama,' zei Samantha.

Ze knuffelde mijn moeder en samen moesten ze lachen. Ik voelde een steek van jaloezie. Ik voelde misschien wel hetzelfde, maar kon het niet zo uiten als Samantha – ik was tenslotte geen tien meer.

Mijn moeder vertelde dat tante Vicky van plan was om over drie dagen, op zondag, uit Portland hierheen te komen. 'Vicky wil ons graag allemaal weer eens zien,' zei mijn moeder. 'Dat is alweer een poosje geleden.' Ik voelde me schuldig, maar wist niet wat ik moest zeggen. Ik vroeg me af of mijn moeder wist dat Vicky me had gebeld en gemaild en dat ik niet had geantwoord. Waarschijnlijk wist ze van niks; tante Vicky had het haar waarschijnlijk niet verteld, want dan zou blijken dat ze zich, als oudere zus, zorgen maakte om mijn moeder. En dat ze zich dus ook zorgen maakte over mijn vader. Over hoe het ging tussen mijn moeder en mijn vader. 'Het gaat prima!' zou mijn moeder waarschijnlijk zeggen en dan zou tante Vicky mijn moeder een beetje heen en weer schudden aan haar schouders en zeggen: 'Wees eens eerlijk, Krista.'

En verder wist ik het ook niet.

Mijn moeder zag aan mijn gezicht wat ik dacht; mijn gevoelens waren vast zichtbaar als rimpelingen op het water. 'Vicky is ook dol op Skagit Harbor,' zei ze. 'Als ze vrij kan krijgen komt ze hier in augustus twee weken in een *bed & breakfast*.' Ze zweeg even en glimlachte aarzelend. 'Vicky maakt zich een beetje zorgen over ons. Het houdt haar bezig, bedoel ik. Ze heeft de indruk dat er iets is veranderd tussen je vader en mij, maar dat is echt niet zo.'

'Maar mama...' begon Samantha.

'Nee echt niet,' zei mijn moeder. 'Er is niets veranderd tussen je vader en mij. We hebben ons leven iets anders ingedeeld, maar dat is niet zo vreemd. Ik vind dat we een hele goede oplossing hebben gevonden.'

Dat moet je van papa zeggen. Dat zijn papa's woorden.

Dat was Freaky. De gedachte schoot in een flits door mijn hoofd.

'Volgens mij gaat het wel goed tussen jou en papa,' zei ik. 'Vorige week zei papa tegen me dat hij je nieuwe schilderijen zo mooi vond.'

Dat was niet helemaal waar. Ik zei het alleen maar voor mijn moeder.

Mijn moeder wierp me een vriendelijke maar wat verbaasde blik toe, alsof ze dit graag wilde geloven.

'Zeker,' zei ze haastig terwijl ze bij haar hals een niet-bestaande sjaal rechttrok. 'Ik eh, het gaat prima tussen ons. Het gaat altijd prima tussen ons.'

We liepen in mijn moeders achtertuin. Samantha en Konijn renden voor ons uit door een weiland vol wilde bloemen. Overal stond kattenstaart in bloei: lange, paarsroze pluimen op hoge stelen. Ik hoopte dat mijn moeder niet zou vragen over welke schilderijen mijn vader het precies had gehad. Ik wees naar het weerhaantje op de schuur en zei: 'Vroeger dacht ik dat hij echt kraaide, weet je dat nog?' Mijn moeder keek omhoog en lachte. 'Jij had altijd zo'n rijke fantasie. Als klein meisje verzon je altijd verhalen over dieren.'

'Ja? Is dat zo?'

'Ja, over Mijnheertje Haan bijvoorbeeld. Zo noemde je hem.'

Ik meende het me te herinneren. Vaag. Ik wist nog wel dat mijn vader me, heel lang geleden, bestraffend toesprak omdat ik 'loog'. Omdat ik 'dingen verzon die niet waar waren'. Mijn oma Connor had me gevraagd naar de kleuterschool en waarschijnlijk had ik iets raars geantwoord, want mijn vader onderbrak me en toen viel er een stilte.

Mijn moeder en ik waadden door het hoge gras en de planten naar de oude schuur. Ik vond de lucht van hooi en oud stof heerlijk en keek verrukt naar de zwaluwen die als grote vlinders in en uit vlogen door het vensterloze raam. Mijn moeder vertelde dat de buurvrouw een oude dame van in de tachtig was, die haar land waarschijnlijk zou nalaten aan haar kinderen in Seattle. Die zouden vast niet in Skagit Harbor willen wonen. 'Als ik geld had, zou ik het kopen. 12.000 m², moet je je voorstellen.' Mijn moeders stem klonk zo verlangend dat ik mijn gedachten niet durfde uit te spreken: papa verdient toch hopen geld? Waarom kunnen we dit dan niet kopen?

We liepen om de schuur heen en gluurden door de spleten tussen de verweerde planken. Konijn kwam naar ons toe gelopen en rende toen weer weg door het veld, met Samantha roepend en in haar handen klappend achter hem aan. Het was een warme dag en in de bleekblauwe hemel dreven wat wolkenstrepen. Het was waar wat mijn moeder zei; het was hier heerlijk rustig. Op een van de hoeken van de schuur lag een groot, zandkleurige rotsblok dat minstens een ton moest wegen. Het was deels overwoekerd door winde en eronder zat, half verborgen, het hol van een of ander dier. Ik dacht dat het misschien van een konijn was, maar volgens mijn moeder was het te groot voor een konijn en eerder van een bosmarmot. Het was een oud hol, misschien niet meer bewoond. 'Een verstopplekje,' zei ik.

'Ja,' zei mijn moeder. 'Dat klopt. Een verstopplekje. Een goede plek om een geheime boodschap voor iemand achter te laten. Niemand zou hier ooit zoeken.'

We wandelden terug naar het huis waar we Samantha en Konijn vonden en Melanie, de vriendin van mijn moeder met haar twee kleine kinderen en de border collie Prinses, twee keer zo groot als Konijn, die zich gedroeg alsof hij nog nooit een andere hond had gezien, laat staan zo'n mooie.

Melanie was weduwe. Haar man had als vrachtwagenchauffeur boomstammen vervoerd en was iets meer dan een jaar geleden omgekomen bij een verkeersongeval. Dit vertelde mijn moeder ons toen Melanie weer weg was. Het was me opgevallen dat noch mijn moeder, noch Melanie, terwijl we thee dronken en door mijn moeder gebakken volkorenkoekjes aten, het over hun echtgenoten hadden gehad. Ik vroeg me af of de mensen in Skagit Harbor iets wisten van mijn moeders privé-leven. En wat ze ervan dachten, áls ze er al iets van wisten. Voor hen was mijn moeder Krista Connor. Dat was de naam waarmee ze haar kunstwerken signeerde. Maar nu Samantha en ik hier waren, was het natuurlijk duidelijk dat mijn moeder ook een gezin had.

In de blokhut was één kast en daar hingen wat kleren van mijn moeder in. Het waren vooral shirts, spijker- en jogging-broeken. Mijn oude kloffie, noemde mijn moeder ze. Verder een lange rok en een gele gebreide jurk waarop ze altijd een prachtige kralenketting van amber droeg, een paar truien, een lichtgewicht katoenen jack en maar één paar schoenen. Thuis puilden mijn moeders kasten uit van de prachtigste kleren, vooral jurken. En ze had zeker dertig of veertig paar schoenen.

Ik zei er niets over; ik kwam hier tenslotte niet om te spioneren. En ik zou mijn vader niets van betekenis vertellen, al wist ik dat hij me ernaar zou vragen.

Samantha en ik hadden een heerlijke tweeënhalve dag in Skagit Harbor. Het was alsof een deel van ons begreep dat dit niet lang kon duren.

Mijn moeder nam ons mee op een wandeling naar een heuvel aan de noordkant van het dorp die uitzicht bood op de haven, en naar het oosten op de uitlopers van Mount Moon, die veel hoger was. Melanie ging ook mee met haar kinderen en haar hond. Onderweg picknickten we. Later kwam Mero Okawa langs, een bevriend kunstenaar, met wie we gingen roeien op en zwemmen in de rivier bij zijn huis. Hij had net zo'n blokhut als mijn moeder, maar die van hem was wat groter en opvallender. Het leek wel of iedereen in Skagit Harbor elkaar kende, in elk geval de mensen aan Deer Point Road, de kunstenaars en de galeriehouders. Ik had het idee dat iedereen ook mij binnen een week zou kennen. Er waren wat meisjes van mijn leeftijd die me aardig leken en een paar jongens. De mensen noemden me tot mijn genoegen bijna meteen Franky. Niemand vroeg naar mijn vader – als ze al wisten wie hij was – en niemand vroeg waar ik op school zat, zoals ze in Seattle altijd deden. Daar zegt de school waar je op zit alles over wie je bent en hoe rijk je ouders zijn.

Op vrijdagavond was er een barbecue bij iemand in de straat. Iedereen nam eten en drinken mee. We hielpen mijn moeder om een aardappelsalade te maken en maïs schoon te maken. Voor het eten speelden we softbal en daarna gingen we in het maanlicht roeien op de rivier. Iedereen, jong en oud, had het naar zijn zin. Ik moet bekennen dat ik er ook een jongen tegenkwam. Hij heette Garrett, zat op school in Skagit Harbor en ik kreeg de indruk dat hij me leuk vond op een niet-nadrukkelijke, plagerige manier. Hij was ook aardig tegen Samantha en nodigde ons uit om zondag met hem te gaan zeilen. Op zaterdagavond nodigde Mero Okawa mensen uit in zijn galerie – hij was eigenaar van De Orka – waarna we met zo'n twaalf mensen gingen eten, in het gezelligste visrestaurant van het dorp, aan de rivier. Eerst vond ik hem nogal raar, maar algauw begon ik hem aardig te vinden. Volgens mijn moeder was hij haar beste vriend in Skagit Harbor, bijna een broer.

Mero hoorde wat ze zei en merkte met een uitgestreken gezicht op: 'Ik hoop dat ik aardiger ben dan een broer, Krista. Die van mij zijn ellendelingen.'

Mero Okawa was, zei hij zelf, tweederde Hawaïaans en eenderde blank – 'maar ik ben er nog niet uit welk deel wat is.' Hij was een 'soort beeldhouwer' maar als eigenaar van De Orka en vice-voorzitter van het Skagit Harbor Festival in september, vooral een kleine ondernemer in de kunstwereld. Er werd voortdurend gepraat over het festival omdat veel andere gasten, waaronder mijn moeder, daar ook aan meewerkten. Mero was slank en vrij klein en had trendy gebleekt haar dat donker was aan de haarwortels. Hij had een gladde, lichtbruine huid en lange, meisjesachtige wimpers. Aan een plastic riempje om zijn nek hing een Polaroidcamera waarmee hij de hele tijd foto's maakte. Hij droeg ringen aan beide handen, een gouden kettinkje om zijn nek en een edelsteentje in zijn linkeroorlel. De mensen plaagden hem vriendschappelijk met zijn 'modegevoel' en zijn 'Armani-look'. Tegen Samantha en mij was hij aardig zonder het neerbuigende dat sommige volwassenen hebben. Ik wilde hem niet zien zoals mijn vader hem zou zien, als een 'schandknaapje' of, erger nog, een 'flikker'.

Die avond nam Mero foto's van mijn moeder, Samantha en mij. Hij vond ons 'vreselijk fotogeniek' maar daar moesten we om lachen. 'Nee echt,' zei hij terwijl hij de camera op ons richtte. 'Krista, Francesca en Samantha: een moeder en twee dochters. Was ik John Singer Sargent maar, dan kon ik écht mooie portretten van jullie maken!' Het was zijn manier om je te complimenteren en aan het lachen te maken en tegelijkertijd wist je dat hij meende wat hij zei.

Later zei mijn moeder dat Mero de eerlijkste en hartelijkste man was die ze kende.

De volgende dag, aan het begin van de avond, zou tante Vicky met de auto uit Portland komen. Ze zou in een bed & breakfast in het dorp slapen omdat er geen plaats meer was in het huisje van mijn moeder. Ik besloot me niet opgelaten te voelen als ik tante Vicky onder ogen zou komen, maar dat ik haar, als ik de kans kreeg, gewoon zou vertellen dat ik niet gebeld had omdat ik me een beetje depressief had gevoeld over de situatie in ons gezin. En dat ik me nu honderd procent beter voelde.

Hoewel het zondag was, week mijn moeder nauwelijks van haar dagelijkse schema af. Ze trok haar oude verfkleren aan en bond een sjaal om haar haar. Ze was bezig met het beschilderen van zijde: grote afbeeldingen van lichtgroene kattenstaarten en moerasgrassen. Samantha en ik mochten haar helpen. De tijd gaat snel voorbij als je geconcentreerd bezig bent met de technische kant van kunst. Ergens tussen drie en vier uur zou mijn nieuwe vriend Garrett Samantha en mij komen ophalen om te gaan zeilen. Dat wil zeggen: tenzij het weer zou omslaan. Halverwege de ochtend verschenen er strepen donkere wolken aan de hemel, maar de noordwestenwind blies ze weer weg. Elke vijf minuten keek ik even naar de lucht om te controleren of die niet betrok.

Tegen lunchtijd kwam er een vriendin van mijn moeder langs en ook Mero Okawa kwam langsfietsen op weg naar het dorp. Ze praatten gedrieën over het festival en ik vroeg Mero of ik wat mocht rondrijden op zijn fiets. Ik had me niet gerealiseerd hoe heuvelachtig Deer Point Road was – ik racete naar beneden richting haven en zou heel wat moeite hebben om de heuvel weer op te fietsen. Maar eerst reed ik langs de Eerste, de Tweede en de Derde Dwarsstraat die parallel aan de rivier liepen en niet al te heuvelachtig waren. Ik moet bekennen dat ik wist dat Garrett aan de Derde Dwarsstraat woonde; hij had me verteld hoe zijn huis eruitzag. Daar peddelde ik dus even langs. Het was een van de oudere, met hout afgewerkte huizen en het was lichtgroen geverfd. In de voortuin stonden grote appelbomen en een heleboel bloemen; de moeder van Garrett hield waarschijnlijk van tuinieren. Gelukkig was er niemand in de tuin of op de veranda om me te betrappen terwijl ik onschuldig voorbijfietste.

Toen ik terugkwam bij het huisje van mijn moeder en Mero zijn fiets teruggaf, vroeg hij wat ik van Skagit Harbor vond. Ik antwoordde dat ik het er heerlijk vond. 'Ik wou dat ik hier altijd kon blijven,' zei Samantha. 'En dat ik hier op school zat. Je kunt hier naar school lopen.'

'Je kunt hier bijna overal heen lopen,' zei Mero lachend. 'Behalve over de rivier.'

Hij keek je altijd doordringend aan vanonder zijn lange wimpers en kneep zijn lippen op elkaar zodat je goed kon zien hoe intens hij naar je luisterde. Ik vond het wel vleiend en ik geloof ook dat hij het meende, maar het maakte me tegelijkertijd een beetje ongemakkelijk. Sommige mensen zijn van nature zo geïnteresseerd in anderen en besteden zo veel aandacht aan je dat je er verlegen van wordt, vooral als je zelf niet het idee hebt dat je iets voorstelt. 'Francesca, jij bent heel bijzonder. Jij Freaky Groene Ogen,' leek Mero Owaka tegen me te zeggen. 'Ik heb jou door.'

Mero zag in mijn gezicht iets wat ik liever niet liet zien en hij noemde me Franky, want dat had ik hem gevraagd, en niet Francesca, zoals mijn moeder. Hij zei dat de afgelopen dagen met Samantha en mij heel veel betekend hadden voor mijn moeder. 'Ze mist jullie verschrikkelijk. Ze wil vast niet dat ik het zeg, maar ze houdt veel van jullie. Ze wil niet dat jullie iets...' Hier brak Mero zijn zin af.

Ik voelde mijn gezicht gloeien. Ze wil niet dat jullie iets... overkomt?

Waarom zou ons iets overkomen?

Samantha was niet bij dit gesprek, maar ik wel. Helemaal. En ik vond het niet prettig. Ik keerde me abrupt van Mero af en liep weg zonder gedag te zeggen, bang om te gaan huilen. Ik was boos dat deze man die ik niet eens kende – al was hij aardig en bedoelde hij het goed – zo vertrouwelijk met me praatte over dingen die hem niet aangingen.

Mero leek het ook te voelen. 'Franky?' riep hij me achterna. 'Hé, het spijt me als...'

Ik liep weg zonder om te kijken, alsof ik dringend ergens heen moest.

Het was de laatste keer dat ik Mero Okawa sprak.

Freaky had een idee.

Blijf maar hier, met mama, de rest van de zomer. Er is hier ook een school. Naar Skagit High kun je lopen.

Het was ongeveer drie uur en we waren mijn moeder in de achtertuin aan het helpen met wieden en snoeien. Het zag ernaar uit dat we met Garrett zouden kunnen gaan zeilen; de lucht was bijna helemaal van een licht, verschoten blauw en alleen aan de horizon hingen wat donkere wolken. Er stond een straffe, maar niet te harde wind. Ik luisterde onafgebroken of ik een auto hoorde op Deer Point Road en keek elke keer op als ik er een hoorde. Ik probeerde me niet te onzeker te voelen; ik zag er toch best goed uit in een spijkerbroek, een hemdje en mijn moeders gympen met zolen die volgens mijn moeder geschikt waren voor het dek van een zeilboot. Ik had mijn haar als altijd in een paardenstaart, maar ik had het die ochtend wel gewassen en volgens mij zat het best goed. Volgens Mero Okawa had ik 'waanzinnig rood haar' en 'precies de juiste sproeten'. Volgens mij meende hij het, al had hij het een beetje plagerig gezegd. Maar goed, ik probeerde er niet te veel bij stil te staan hoe ik eruitzag. Ik probeerde natuurlijk, ontspannen, warm en grappig te doen. Het is geen afspraakje, hè. Samantha gaat ook mee, vergeet dat niet.

Ik hoorde een auto aankomen over Deer Point Road, maar die reed hard en klonk boos en ongeduldig, wat ongebruikelijk was voor Skagit Harbor, waar je niet harder mocht rijden dan veertig kilometer per uur. We keken op en zagen een auto de hobbelige oprit oprijden en abrupt stoppen.

Mijn vader stapte uit. Het portier liet hij open. Hij was in hemdsmouwen, maar hij droeg wel een duur witzijden overhemd en een donkere, perfect geperste broek, alsof hij recht uit een belangrijke vergadering kwam. Van zijn gezicht straalde verzengende woede. 'Francesca! Samantha! Meekomen!' riep hij.

Mijn moeder staarde hem aan, de snoeischaar nog in haar handen. Ze was duidelijk volkomen verrast.

'Reid? Wat is er aan de hand? Ik dacht...'

'Meisjes, hebben jullie me gehoord? Pak je spullen, we gaan weg.'

Samantha begon te huilen en rende naar mijn moeder. Ik

aarzelde, een grote bos uitgerukte paardebloemen in mijn hand. Ik herinnerde me hoe mijn vader me had beetgepakt in het huis van de Blounts en het schoot door me heen dat hij dat nog een keer zou kunnen doen. Of hij kon mijn moeder zo beetpakken en haar pijn doen. Hij liep haastig op ons af, als een atleet die op zijn tegenstanders inloopt. Toen mijn moeder hem nogmaals, met een zwakke, angstige stem, vroeg wat er aan de hand was, rukte mijn vader de snoeischaar uit haar handen en smeet die op de grond. Hij schold haar uit voor iets wat ik niet durf te herhalen.

Niet dat ik dat woord nog nooit eerder had gehoord. Natuurlijk wel. Maar niet in verband met mijn moeder.

Er volgde een verwarrende scène. Gelukkig lag de snoeischaar op de grond; die kon in elk geval niet meer gebruikt worden om iemand te verwonden. En mijn vader werd rustiger, wat vaker in zo'n situatie gebeurde als hij eenmaal zag dat we allemaal gehoorzaam waren en geen tegenstand boden. Op verzoek van mijn moeder ging hij mee naar binnen om het probleem, wat dat dan ook was, te bespreken, terwijl Samantha en ik buiten bleven.

Samantha huilde en had een zakdoek nodig. Ik overwoog om naar binnen te gaan en er een te halen, maar wist dat dat geen goed idee was. Gelukkig vond ik een oude, verkreukelde doos tissues achter in mijn moeders auto.

'Waarom is papa zo boos?' snikte Samantha. 'We mochten hier toch heen van hem? Dat had hij zelf gezegd.'

'Hij is zeker van gedachten veranderd.'

Mijn hart bonsde zo hard dat het pijn deed. Misschien was het de adrenaline, maar ik kon nog helder nadenken: als ik mijn moeder om hulp hoorde roepen, of hoorde schreeuwen, zou ik naar de buren rennen om het alarmnummer te draaien.

Dat zou ik direct doen, zonder te aarzelen. Ik zou niet naar binnen gaan. Ik zou naar de buren rennen.

Het was net als bij het zwemmen: je wacht op het startschot. Je wacht op het startschot en duikt niet voordat je het hebt gehoord.

Je wacht op het startschot. Zo hoort het.

Maar er kwam geen startschot. We wachtten tien minuten en toen verscheen mijn moeder in de deuropening, bleek, met opgezwollen, rode ogen. Mijn vader kwam achter haar aan met de tassen van Samantha en mij in zijn hand.

'Francesca en Samantha,' zei mijn moeder, 'jullie gaan naar huis met je vader. Nu meteen. Ik heb jullie spullen ingepakt.'

'Ja maar, mama,' protesteerde Samantha.

'Samantha, ik zeg het niet nog eens. Met papa mee. Jij ook, Francesca...'

Samantha rende naar mijn moeder en sloeg als een klein, bang kind haar armen om haar heupen heen. Mijn moeder hield zich stijf, alsof ze niet durfde te bewegen. 'Vooruit, met papa mee,' herhaalde ze. 'Vooruit Samantha en Francesca, nu meteen.' Haar gezicht was een star masker en haar ogen leken niets te zien.

Ik wilde tegen haar schreeuwen. Waarom haal je ons hierheen als je ons toch niet bij je kunt houden?

'Jij moet met ons mee, mama,' huilde Samantha. 'Kom nou!'

Mijn moeder kon alleen maar 'Nee, Samantha, nee,' zeggen.

'Maar mammie...'

Maar mijn moeder duwde haar handen tegen haar oren en boog zich voorover alsof ze een schop in haar maag had gekregen. 'Nee. Ga nou maar,' zei ze smekend. 'Ga nou maar met je vader mee. Je kunt hier niet blijven, er is hier niet genoeg ruimte. Ga nou in godsnaam maar met hem mee.'

Mijn vader deed alsof hij dit allemaal niet hoorde, alsof hij erboven stond. Zonder een woord droeg hij onze tassen naar zijn auto – een glanzende, nieuwe zilveren Mercedes – en zette ze in de kofferbak. Samantha en ik volgden hem verslagen.

Naar mijn moeder keken we niet meer om.

Ze was zo zwak, het was gewoon zielig. Ik voelde niet eens medelijden, ik wilde alleen maar bij haar weg.

Uren later realiseerde ik me pas dat ik de afspraak met Garrett was vergeten.

En nóg veel later zou ik me realiseren dat dit de laatste keer was dat ik mijn moeder zag.

27 juli: Yarrow Heights

'Jullie moeder houdt van een andere man. Ik weet niet wat ze jullie verteld heeft, maar het is duidelijk dat ze hem liever heeft dan haar eigen gezin. Ze zal moeten leren leven met die beslissing. Wij kunnen het haar in elk geval nooit vergeven.'

Mijn vaders stem trilde van verontwaardiging, maar hij slaagde er toch in naar ons te glimlachen. Hij hield Samantha's hand in zijn linkerhand en de mijne in zijn rechterhand en hij leek zich niet te realiseren hoe hard hij kneep. Pas toen Samantha piepte, zachtjes, liet hij ons los.

'Ik hoop dat jullie hier begrip voor hebben, meisjes. Verder valt er eigenlijk weinig over te zeggen.'

Samantha veegde haar neus af met de zijkant van haar hand en mompelde 'Oké'.

Ik geloof dat ik ook iets dergelijks antwoordde, maar wat ik ook zei of gebaarde, het was in elk geval de juiste reactie op mijn vaders woorden, want hij glimlachte, blij nu. Hij omhelsde ons.

'Mijn grote, prachtige meiden!'

Mijn vader stelde ons voor aan onze nieuwe kokkin en huishoudster, een stevige, donkere vrouw uit Peru met een verlegen glimlach. Ze heette Lorita of Loreena, iets melodieus' in elk geval. Ze was een jaar of vijfendertig, maar misschien ook wel vijfenvijftig. Mijn vader liet weten dat ze hier zes dagen per week zou zijn en op zondag vrij was. Haar specialiteiten waren gebakken banaan, broodpudding met rijst, soep van kikkererwten, gebraden kip, gegrilde zeebaars en 'Peruaanse pizza'. 'Wat denken jullie, meiden?' zei mijn vader terwijl hij zich tevreden in de handen wreef. 'Dat klinkt goed, hè?'

We glimlachten breed naar Lorita (of Loreena) en zij glimlachte terug. Ze was klein, hooguit één meter vijftig en naast haar leek mijn vader wel een reus.

Samantha vroeg niet of het rooster van de huishoudster betekende dat mama niet meer thuis zou komen. Francesca vroeg ook niet verder.

Houdt van een andere man. Kunnen haar nooit vergeven.

Geloofde ik dat nou? Ik weet het niet. Geloofde ik dat er een andere man was in mijn moeders leven? Ik weet het niet. Geloofde ik het, terwijl ik meende dat er geen andere man was. Dat die er helemaal niet kón zijn? Terwijl ik wist dat mijn moeder naar Skagit Harbor was gegaan om vrij te zijn? Maar als mijn vader zei dat er een man was, zou er wel een man zijn.

En we zouden haar nooit vergeven.

11 augustus: het verraad

'Franky? Het is misschien een beetje raar, maar eh...'

Twyla klonk gegeneerd. Dat kwam niet vaak voor – ze was het meest evenwichtige meisje in de klas. Meteen werd Freaky in mij wakker. 'Wat is er dan?' vroeg ik, terwijl ik probeerde te glimlachen.

'Nou... Je moeder heeft me gebeld. Gisteren.'

Als iemand één schoen uitschopt, wacht je automatisch tot de andere ook valt.

'Gebeld? Heeft mijn moeder jou gebeld?'

Twyla knikte. We hadden getennist en Twyla had gewonnen. Niet dat ze daar veel moeite voor had hoeven doen; ik was niet in de stemming om te winnen, om zelfs maar een poging te doen. Daarvoor moet je namelijk geloven dat Winnen Belangrijk Is. Het is leuker om je vriendin te laten winnen, vond de Freaky in mij. Dat is een klein cadeautje: je vriendin laten winnen zonder dat ze door heeft dat je haar laat winnen. Ik was dol op Twyla, ze was een soort zus, maar dan van mijn eigen leeftijd. En in de stemming waarin ik nu verkeerde had ik haar hard nodig.

'Je moeder belde dus,' zei Twyla. 'Eerst praatte ze een poosje met mijn moeder en daarna wilde ze mij spreken. We hebben een halfuurtje zitten kletsen. Heel gezellig.' Twyla zweeg en het woord gezellig bleef tussen ons in hangen. Wat bedoel je als je gezellig zegt? Twyla zat op een bankje achter een van de tennisbanen en nam een slokje bronwater. Ze hield haar blote, slanke benen strak gekruist en ook nog eens veilig achter elkaar gehaakt bij de enkels. Coole Twyla! Ze probeerde niet te verschrompelen onder mijn doordringende blik.

Ik had mijn moeder meer dan twee weken niet gesproken. Voor het laatst toen mijn vader Samantha en mij was komen halen in Skagit Harbor. 'Jullie moeder is *incommunicado* op haar eigen plekje, meiden,' zei mijn vader. Ik wist niet precies wat hij daarmee bedoelde. Als ik het aan mijn vader zou vragen, als ik ook maar ádem zou halen om zo'n vraag te gaan stellen, zou hij me het zwijgen opleggen met een messcherpe glimlach en een waarschuwende beweging van zijn wijsvinger. Ik vroeg me af of mijn moeder had geprobeerd te bellen. Ik had mijn mobiel uitgezet, nam nooit de vaste telefoon op en luisterde nooit de voicemail af.

Ik belde ook nooit het nummer van mijn moeder in Skagit Harbor. Na een poosje kon ik het geloof ik ook niet meer vinden.

Ik vroeg Twyla waarom mijn moeder had gebeld.

'Dat is het gekke, Franky,' zei Twyla. 'Ik weet het niet zeker, maar het leek wel of ze even over jou wilde praten.'

Nou ja! Mijn moeder belde achter mijn rug om met mijn beste vriendin!

Ik voelde een Freaky-woede over me komen. Het voelde of mijn moeder me bedroog. En het ging Twyla niet aan wat er in ons gezin gebeurde. Een angstige gedachte kwam bij me op. Mijn vader kan hier maar beter niets van weten, van dit verraad.

'Wat wilde ze dan weten over mij?'

Twyla haalde haar schouders op en fronste. Haar mooie ogen stonden ontwijkend.

'Alleen maar of ik jou nog had gezien. Of ik nog met je gepraat had. Ik heb gezegd dat ik op kamp was geweest maar dat ik vandaag met je ging tennissen. Ze wilde weten hoe laat dan, en waar en of je deze zomer nog les had genomen. Dat verbaasde me een beetje. Dat zou je moeder toch moeten weten? Maar langzamerhand drong het tot me door dat ze niet thuis was. Dat ze al die vragen stelde omdat ze jou al een poosje niet had gesproken. Volgens mij vond ze het prettig als ik je naam noemde, "Franky", hoewel ze zelf de hele tijd Francesca zei. Ze klonk een beetje anders dan anders, opgewonden of zo, of zenuwachtig. Ten slotte vroeg ik of alles wel in orde was en of ze jou dan niet gezien had. En ik zei dat ik dacht dat jij gewoon thuis was. "Er is niets bijzonders aan de hand, Twyla," zei ze toen. "Maar ik breng een deel van de zomer door in Skagit Harbor en het is hier een beetje eenzaam."'

Twyla zweeg en nam een grote slok water. Haar perfecte Twyla-huid zag er iets minder perfect uit dan anders. Alsof ze pukkels kreeg van dit gesprek.

'Mijn ouders zijn niet gescheiden hoor, als je dat soms denkt.' Ik probeerde Freaky-cool te klinken, maar mijn stem klonk als het breken van ongekookte spaghetti.

'O, nee hoor, dat dacht ik ook helemaal niet.'

'De familie van mijn moeder heeft een huisje in Skagit Harbor. Daar zit ze een poosje om zijde te beschilderen. En potten te bakken. Er is daar een galerie die haar werk exposeert.'

Twyla glimlachte bemoedigend. 'Goh, wat leuk zeg.'

'Mijn ouders zijn niet aan het scheiden; maar mijn vader is vaak weg voor zijn werk.'

Alsof dit nieuws was voor Twyla. Maar ze zei alleen maar: 'Ja, ik weet het. Je kunt de tv niet aanzetten of Reid Pierson is erop.'

'Dus daarom zit mijn moeder in dat huisje. Voor een paar

weken. Samantha en ik hebben er ook gelogeerd. En over een paar dagen gaan we er weer heen. Dan blijven we tot begin september.'

Twyla vroeg me wat dingen over Skagit Harbor, niet om beleefd te doen, maar omdat ze oprecht geïnteresseerd was. Denk ik. Een oom van haar had een waanzinnig vakantiehuis daar niet ver vandaan, in Port Greene. Ik vertelde haar het een en ander over de blokhut, en over de dingen die mijn moeder maakte en over hoe mooi het dorp was en over Garrett, met wie ik zou gaan zeilen. Ik praatte en praatte maar. Mijn stem klonk me vreemd in de oren, ernstig en indringend. Ik wilde Twyla duidelijk maken dat het prima ging met de Piersons, net zo goed als met haar familie.

Eigenlijk wilde ik zeggen: 'Ik ben zo bang, Twyla,' en ik wilde haar smeken: 'Vertel het alsjeblieft aan niemand. Verraad me niet.'

We hadden een lange pauze genomen, maar nu was het tijd om weer te gaan tennissen.

Teruglopend naar de baan zwaaide Twyla haar racket heen en weer om haar spieren los te maken. 'O ja,' zei ze, alsof het haar net weer te binnen schoot. 'Vlak voor je moeder ophing zei ze nog dat je Mijnheertje Haan niet moest vergeten.'

25 augustus: het telefoontje

Toen de telefoon om tien voor halfelf 's avonds ging, merkte ik plotseling hoe graag ik wilde dat het mijn moeder was. Ik had haar sinds 27 juli, de Dag van het Verraad, niet meer gesproken. Ik wist wel dat ze had geprobeerd ons te bellen. Mijn vader had de nieuwe huishoudster instructies gegeven omtrent het afhandelen van telefoontjes van de afwezige mevrouw Pierson en het ontzien van de rest van het gezin. Ik had mijn mobiel uit staan, behalve als ik moest bellen, en dat was dan niet naar mijn moeder. Haar zou ik niet bellen. Ik had de dagen geteld vanaf die zondag. *Jullie kunnen hier niet blijven, er is niet genoeg ruimte. Ga maar met hem mee.*

De telefoon ging dus. Onze huishoudster zou hem niet opnemen, zo laat op de avond, en mijn vader was nog niet thuis. Todd was de rest van de zomer thuis, maar vanavond was hij ook weg. Ik stond als verlamd naar de telefoon te staren, mijn vingernagels diep in mijn handpalmen. Ik haat je. Ik hou niet van je. Ga jij maar weg.

Maar mijn hand strekte zich uit om de telefoon op te nemen.

Jullie moeten je niet door haar laten manipuleren, meiden. Ze doet aan emotionele chantage. Ze verraadt je en geeft je vervolgens de schuld van wat zij zelf heeft gedaan.

Je kunt niet bij ons allebei wonen. Je moet kiezen.

En dus had Samantha gekozen, en ik ook.

'Bij jou, pappie,' had ze gezegd met een klein, angstig lachje en haar duim in haar mond.

Ik had moeizaam geslikt. 'B-bij jou, pap.'

De woorden kwamen er hees en hakkelig uit. Ik was zo moe, zo verdoofd. Freaky was zo ver weg, dat ik me nauwelijks meer kon herinneren hoe het ook alweer voelde om haar te zijn.

Freaky Groene Ogen? Fletsgroen en bloeddoorlopen eerder.

Maar het was wel het juiste antwoord. Mijn vader lachte jongensachtig. Hij bukte zich om ons te omhelzen. Dat was onze beloning, dat mijn vader hield van zijn prachtige, grote meiden en dat hij ons zou beschermen, onze sterke vader. *Jullie moeder heeft jullie verraden.*

Dat 'jullie moeder jullie niet kan beschermen', hoefde hij ons niet te vertellen.

Waarschijnlijk had mijn moeder Samantha en mij geschreven. Dat weet ik bijna zeker. Maar mijn vader liet alle post naar een postbus bij het station doorsturen en daarvan had alleen hij de sleutel.

Hoe meer dagen er voorbijgingen, hoe meer ik mijn moeder begon te verafschuwen. Ik bleef haar verslagen gezicht maar zien, haar gebogen houding, alsof ze een trap in haar maag had gekregen, en haar handen die ons weg wilden duwen. *Ga maar met hem mee!*

En dat hadden we gedaan. We waren met mijn vader meegegaan en we geloofden wat hij zei over mijn moeder; hoe ze ons verraden had.

Ik vertelde mijn vader niet dat mijn moeder Twyla had gebeld om naar mij te vragen.

Ik wilde hem niet nog meer van streek maken dan hij al was.

En ik was woest op Twyla, mijn zogenaamd beste vriendin. Je kunt maar beter geen beste vriendin hebben als ze achter je rug om kletst en je verraadt. Ik zag al helemaal voor me hoe ze Jenn, Marnie en Leona belde: 'Heb je gehoord dat mijnheer en mevrouw Pierson uit elkaar zijn? Mevrouw Pierson is het huis uit. Maar met Franky kun je er niet over praten, die zit midden in de ontkenningsfase. Triest hoor.' Tijdens onze laatste drie partijtjes tennis had ik snoeiharde services over het net geslagen, recht op Twyla af, en de rest van de wedstrijd had ik haar alle hoeken van het veld laten zien met mijn precisieslagen. Dit was Freaky: keihard en wraakzuchtig. Mijn vader had trots op me kunnen zijn als hij me had gezien. De tennisleraar had Twyla wijsgemaakt dat ze voor haar leeftijd en lengte aardig speelde, maar nu liet Freaky zien hoe de zaken er werkelijk voor stonden. Tegen het eind van de set was haar gezicht roodgevlekt en haar zijdeachtige haar hing in haar ogen. 'Franky! Wat bezielt jou?' vroeg ze gekwetst en verward. Ik had me op dat moment fantastisch gevoeld, maar toen ik later alleen was, was dat gevoel helemaal verdwenen.

In augustus belde Twyla bijna niet, maar ik zei tegen mezelf dat dat me niets kon schelen.

En nu ging de telefoon en ik nam op. Mijn hand trilde toen ik de hoorn naar mijn oor bracht.

'Hallo?'

'Francesca? Godzijdank neem je op!'

Het was mijn moeder.

Ze vroeg hoe het met me ging en ik zei vlak en koeltjes dat het best goed ging. Waarom bel je eigenlijk? En waarom nu? Dacht je dat het me iets interesseerde? zei mijn stem. Mijn moeders stem klonk verlangend en ongerust, alsof ze flink kou had gevat, alsof ze grote moeite moest doen om duidelijk te spreken en niet te hakkelen of in tranen uit te barsten. Ik deed mijn ogen dicht en kon haar zien door de ogen van mijn vader, in dat gezellige blokhutje van haar waar ze haar vlekkeloze, egoïstische leventje leidde. In haar poppenhuisje, haar eigen plekje.

Ondertussen vertelde mijn moeder hoe erg ze Samantha en mij miste en hoe graag ze wilde dat wij bij haar waren. Hoe eenzaam het daar was. En ze smeekte me om niet aan mijn vader te vertellen dat ze had gebeld omdat hij dat had verboden en zij had het beloofd, maar ze kon niet anders, ze móest mijn stem horen...

'Fransesca, jij en Samantha weten toch dat ik van jullie hou, hè? En jullie zullen toch ook van mij blijven houden?'

Ik slikte en slikte. Ik zou niet in tranen uitbarsten.

'Je kunt toch thuiskomen, mama? Je kunt altijd thuiskomen,' zei ik.

'Nee Francesca, nee lieverd, dat kan niet...' stamelde mijn moeder.

'Hoezo kan dat niet? Natuurlijk kan het!'

'Nee, daar is het nu te laat voor.'

'Dat lieg je. Papa zegt dat je zó weer bij ons terug kunt komen, maar dat je het gewoon niet wilt.'

'Nee Francesca, alsjeblieft lieverd. Ik kan het nu niet uitleggen, dat gaat niet via de telefoon. Ik moet je kunnen zien.'

Ik wilde de telefoon erop gooien. *Ik kan het nu niet uitleggen.*

Op dezelfde manier had ze Samantha afgepoeierd en tegen ons geschreeuwd: 'Jullie kunnen niet bij mij blijven, er is hier niet genoeg plaats.'

Ze begon te huilen. Ik haatte haar, met haar emotionele chantage. Ik wist precies waar ze mee bezig was. Ik was zo lang stil dat ze ongerust vroeg: 'Francesca, ben je daar nog?'

'Ja mam, waar zou ik anders moeten zijn?'

Op dat moment hoorde ik een auto op de oprit. Misschien was het mijn vader, dus ik kon het gesprek maar beter beëindigen. 'Ik ga ophangen, mama. Misschien moet je maar niet meer bellen. Over twee weken gaan Samantha en ik weer naar school. Als je dan nog niet thuis bent, moet je maar voor altijd wegblijven.'

'Francesca, schat...'

'Ik ben Francesca niet. Ik haat die naam! En ik haat jou ook! De groeten!'

De laatste keer dat ik Krista Connor, mijn moeder, sprak.

26 augustus: de laatste dag

'De laatste keer' is iets dat je je niet altijd realiseert. Het is net een oversteek; het kan gebeuren zonder dat je het in de gaten hebt.

Toen ik later over deze dag werd ondervraagd, probeerde ik me voor de geest te halen wat er achtereenvolgens gebeurd was. Ik vertelde de waarheid. Maar niet de hele waarheid, want het grootste deel van die dag kwam me onwerkelijk voor, als een gefragmenteerde droom. Een nare, in stukken gebroken droom.

Ik wachtte de hele ochtend op een telefoontje; plotseling wilde ik iets van mijn moeder horen. Ik zocht overal in mijn kamer naar haar nummer, maar kon het niet vinden.

Volgens mij wist ik het toen al. Ik wist dat er iets mis was.

Ik belde het informatienummer, maar daar zeiden ze dat Krista Connor een geheim nummer had.

Ik vroeg het nummer van Mero Okawa op, maar toen ik hem belde kreeg ik het antwoordapparaat: 'Hallo, Mero is er momenteel niet, maar je kunt na de piep een bericht inspreken...'

Op mijn prikbord had ik trots de twee polaroidfoto's opgehangen die Mero had gemaakt van mijn moeder, Samantha en mij. Ik moest er telkens naar kijken, alsof ze een geheim in zich droegen. De ene was genomen in De Orka, voor een prachtige, bloedrode zijdeschildering die mijn moeder had gemaakt, en de andere op het winderige terras van het restaurant, met Skagit River op de achtergrond. Mijn moeder stond in het midden met haar armen om Samantha en mij heen en we lachten alledrie blij.

Ik zag tot mijn verrassing dat mijn moeder en ik ongeveer even lang waren en dat we op elkaar leken, vooral onze ogen.

Ik voelde me verdoofd en onwerkelijk en sprak geen bericht voor Mero in.

De avond tevoren was het inderdaad mijn vader geweest die thuiskwam terwijl ik mijn moeder aan de telefoon had, maar ik had snel opgehangen zodat hij niets vermoedde.

Hij had op mijn kamerdeur geklopt om welterusten te zeggen. Hij zag er moe uit, had donkere kringen onder zijn ogen en hij had niet de moeite genomen de tv-make-up van zijn gezicht te halen. Mijn vader was in Seattle op locatie geweest voor een of andere sportdocumentaire en hij had een lange dag gehad, zei hij. Hij had last van zijn voorhoofdsholte; misschien een allergische reactie. 'De haren van die rothond liggen hier nog overal in huis. Ze zitten in het tapijt; ik ruik het.'

'Maar Konijn is al een poos niet meer hier geweest,' probeerde ik behulpzaam. 'Misschien...'

'Ik ruik het, zeg ik toch. Die vieze rotterriër, het lijkt verdomme wel of hij in mijn bed heeft gelegen.'

De volgende ochtend vertrok mijn vader om ongeveer acht uur naar de studio, maar om halftien belde zijn secretaresse om te vragen waar mijnheer Pierson was. Onze huishoudster nam de telefoon op en verbond me met haar door. 'Francesca? Met Holly Merchant. We zitten al drie kwartier op je vader te wachten. We kunnen hem niet op zijn mobiel bereiken. Is hij toevallig nog thuis?'

'Ik weet zeker van niet,' zei ik, maar ik rende voor de zeker-

heid toch naar mijn vaders slaapkamer en naar zijn werkkamer, de huiskamer en de fitnessruimte in de kelder. Natuurlijk
was hij er niet. Een van zijn auto's, de nieuwe Mercedes, stond
niet meer in de garage.

Tegen de middag belde Holly Merchant terug om te zeggen
dat mijn vader was gearriveerd en dat ik me geen zorgen hoefde te maken. Hij was langs de huisarts gegaan om wat medicijnen voor zijn voorhoofdsholteontsteking te halen.

Toen mijn vader rond zeven uur thuiskwam, had hij een
onvaste tred en zijn ogen glansden vreemd. Er was iets met
hem, alsof hij koorts had en duizelig was. Hij had de make-up
deels van zijn gezicht geveegd, maar er zaten nog wat korreli-
ge resten op zijn voorhoofd. Hij herhaalde wat Holly Merchant
aan de telefoon had gezegd – dat hij bij de huisarts was geweest
en pillen met codeïne had gekregen zodat hij de opnames had
kunnen afmaken. Hij had het advies gekregen vroeg te eten,
nog een pil in te nemen en daarna direct naar bed te gaan om
zeker twaalf uur te slapen.

Dus aten we vroeg, in de keuken. Het Peruaanse eten was
lekker, maar ook behoorlijk zwaar, en mijn vader at niet veel.
Hij spoelde het voedsel weg met ijswater en kleine slokjes rode
wijn. Todd was naar huis gekomen na een rugbytrainings-
kamp van vier weken in het Cascadegebergte en de conversatie
speelde zich voornamelijk tussen hem en mijn vader af. Het
grote nieuws was dat Todd was overgeplaatst van Washington
State College naar Western Washington College in Belling-
ham, waar hij een grotere kans maakte om *college football* te
spelen. Klaarblijkelijk had mijn vader een handje geholpen bij
de overplaatsing, want Todd had zijn inschrijfformulier niet op
tijd ingediend.

Ik wilde ook aan het gesprek deelnemen – ik vond het vervelend dat Samantha en ik erbuiten werden gehouden – en zei: 'Goh, wat leuk Todd. Dat is een goed bericht. Ik verheug me al op het footballseizoen.'

'Ja,' mompelde Todd, zonder me aan te kijken. Zijn aandacht was, zoals gewoonlijk, volledig op mijn vader gericht.

Hij was sinds het begin van de zomer zwaarder geworden. Waarschijnlijk was hij bezig als linebacker een conditie op te bouwen. Zijn nek en bovenarmen stonden bol van de spieren, hij had puistjes op zijn voorhoofd en zijn gezicht was rood aangelopen. Hij lachte veel maar leek ook nerveus. Hij gebruikt vast steroïden, schoot het door me heen.

Het was een beangstigende gedachte. Steroïden waren niet alleen gevaarlijk, maar Todd was ook de zoon van Reid Pierson, die zich, net als alle andere sportpersoonlijkheden, duidelijk had uitgesproken tegen drugs voor sporters.

Halverwege het eten deed mijn vader zijn ogen dicht. 'Ik ben kapot,' mompelde hij. Hij had ongeveer de helft van zijn eten op en een vol glas wijn, wat waarschijnlijk geen goed idee was in combinatie met codeïne. Hij probeerde te lachen terwijl hij zich uit zijn stoel hees. Samantha, Todd en ik staarden hem bezorgd aan. 'Kom op, verpleegstertjes van me. Jullie oude vader heeft jullie nodig. Aan allebei mijn armen een zuster. Oeps.'

Het was typisch mijn vader om te spotten met zijn eigen ziekte; hij had een hekel aan elke vorm van zwakte, vooral zijn eigen. Samantha en ik hielpen hem de trap af naar zijn slaapkamer en Todd liep erachteraan voor het geval er meer hulp nodig was. Mijn vader steunde warm en zwaar op ons. Het was geen grapje; hij had ons echt nodig. Tegen de tijd dat we bij zijn slaapkamer kwamen, hijgden we allemaal, zelfs Todd, die mijn vader de slaapkamer in loodste. We mochten hem niet helpen uitkleden. 'Welterusten, meiden. Welterusten Todd. Jullie zijn geweldig, ik hou van jullie.' Hij liet zich moeizaam op de rand van het bed zakken en trachtte een schoen uit te trekken. 'Ik hoop dat jullie oude vader de ochtend haalt.'

Todd deed de deur dicht en we stonden met zijn drieën nog lang te wachten of mijn vader ons zou terugroepen, maar dat deed hij natuurlijk niet; daar was hij te trots voor.

Todd draaide zich om en liep weg; het was duidelijk dat hij geen zin had zich met zijn zusjes te bemoeien, maar wij liepen achter hem aan, eenzaam en ongerust. 'Stel je voor dat papa ziek wordt. Echt ziek,' jammerde Samantha.

Todd wierp ons een boze blik toe. 'Het komt door haar dat hij ziek is. Hij is allergisch voor dat mens.'

'Welk mens? Wie dan?'

Eén verwarrend moment dacht ik dat Todd onze nieuwe huishoudster bedoelde.

'Zij. In Skagit Harbor. Die hoer.'

'Todd!' Ik was zo geschokt dat ik bijna niets kon uitbrengen. Het was afschuwelijk om mijn broer zoiets te horen zeggen over onze moeder, en nog wel waar Samantha bij was. 'Ze is jouw moeder ook, hoor,' protesteerde ik zwakjes.

'Nee, ze is mijn stiefmoeder,' zei Todd snerend terwijl hij wegliep. 'Ze is jullie moeder.'

II VERMIST

1 september: het verhoor

Wanneer en waar ik mijn moeder voor het laatst heb gezien?
 In Skagit Harbor. Ergens in juli.
 Denk ik... Ik weet de datum niet meer. Ik heb er sinds die tijd
niet echt meer aan gedacht.
 Daar kun je toch niet voor worden opgepakt, of wel?

Nee, dat zei ik toch. Ik heb ze nooit ruzie horen maken.

Als er dingen van mijn moeder weg zijn uit het huis, zal ze ze
zelf wel hebben meegenomen. Een keertje 's nachts misschien. Weet ik veel.

Nee, ik kom nooit in de werkkamer van mijn moeder. Ik kan
me zelfs niet meer herinneren wanneer ik er voor het laatst
geweest ben. Ik kijk ook nooit in haar kasten. Waarom zou ik?

Nee, bepaald niet hecht.
 Met mijn vader heb ik een hechte relatie. Iedereen heeft een
hechte relatie met hem.

Dat heb ik al gezegd, ik geloof van wel. Ik meen Mero Okawa
wel eens ontmoet te hebben.
 Ik kan me hem vaag herinneren. Maar misschien ben ik in

de war met iemand anders. Die nieuwe vriendschappen van mijn moeder in Skagit Harbor stonden nogal ver van me af.

Als u me niet gelooft, moet u me maar aan de leugendetector leggen.

Wanneer ik mijn moeder voor het laatst sprak?

Ik heb liever dat u haar Krista Connor noemt. Ik vind het niet prettig dat u haar de hele tijd aanduidt als mijn moeder.

De naam Krista Connor gebruikt ze voor haar werk. Zo signeerde ze haar kunstwerken. In Skagit Harbor kende men haar niet als Krista Pierson. Daar was ze onze moeder niet. Dat was haar beslissing.

Ze stuurde ons weg. Ze zei dat de blokhut te klein was. Voor ons drieën.

Of hij echt te klein was?

Dat weet ik niet meer.

Vraag maar aan mijn vader, die kan het u wel vertellen.

Mijn vader zal u wel vertellen wat er echt gebeurd is.

Wanneer ik Krista Connor voor het laatst heb gesproken?

Hoe weet u dat dat een andere gelegenheid was dan toen ik haar voor het laatst zag?

Nou, dat is nogal duidelijk. Wat u zegt. U stelde twee vragen, dus waarschijnlijk weet u het antwoord al.

Nou, u weet dat u twee verschillende vragen moet stellen – wanneer ik mijn moeder voor het laatst heb gezien en wanneer ik mijn moeder voor het laatst heb gesproken – dus u weet ook wel dat de laatste keer dat ik haar sprak aan de telefoon moet zijn geweest, en niet in levenden lijve.

Dan weet u dus dat mijn moeder belde en dat ik opnam. Dan weet u ook hoe lang het gesprek duurde. Mijnheer Sheehan, de advocaat van mijn vader, zegt dat u het recht hebt telefoongesprekken na te trekken, dus u weet het antwoord al. Waarom vraagt u het dan nog aan mij?

Ergens in juli. Eind juli. Toen ze ons uitnodigde in Skagit Harbor en vervolgens weer wegstuurde.

Daarna weet ik het niet meer. Dat heb ik al gezegd. Onze huishoudster nam meestal de telefoon op.

Nee. Mijn vader heeft ons niet 'geïnstrueerd' om op te hangen als mijn moeder belt. Wij nemen onze eigen morele beslissingen, zegt mijn vader.

Het was ergens eind augustus dat ze belde. Toen ik opnam, bedoel ik.

Dat weet u toch al, u hebt een overzicht van haar telefoongesprekken, waarom moet u mij dan nog vragen hoe lang we hebben gepraat?

Trouwens, 'wij' praatten niet. Mijn moeder praatte tegen mij.

Waarom ze belde?

Weet ik niet.

Weet ik niet meer.

Dat zeg ik toch: ik weet het niet meer.

...Misschien om te zeggen dat ze ons miste. Samantha en mij.

Daarom misschien.

Hoe lang?

Voordat ik ophing?

Waarom vraagt u dat aan mij? U hebt toch dat overzicht van telefoongesprekken? Of probeert u mij klem te praten?

Is dit een soort spelletje of zo?

Of ik weet waar Krista Connor is?

Ik zeg toch: NEE, DAT WEET IK NIET.

NEE, ze heeft niet tegen me gezegd waar ze heen ging. NEE, ze heeft niet tegen me gezegd met wie ze weg zou gaan. NEE, ik zou niet weten waarom ze zou willen 'verdwijnen'.

NEE, ik ben niet boos op Krista Connor. Ik heb niets met haar.

Niemand van ons, niemand in ons gezin.

Omdat ze ons in de steek heeft gelaten.

Omdat ze ons heeft verraden.

Omdat ze bij ons is weggegaan om op haar eigen plekje te gaan wonen.

Ze nam zelfs Konijn mee.

Konijn? Dat is onze Jack Russell.

We missen hem. Het is eenzaam in huis zonder Konijn... Mijn moeder had het recht niet om Konijn mee te nemen. Mijn vader zegt ook dat ze egoïstisch is.

En nu is Konijn ook weg. 'Verdwenen'.

NEE, mijn vader heeft Konijn nooit 'geslagen of geschopt'!

Wie zegt dat?

NEE, mijn vader heeft mij nooit 'geslagen of bedreigd'. NEE, hij heeft me nooit 'pijn gedaan'.

En Samantha ook niet.

Als mijn tante Vicky dat zegt, liegt ze.

Als de familie van mijn moeder dat zegt...

Als de vrienden van mijn moeder dat zeggen, liegen ze allemaal. Ik haat ze.

Maria? Zegt Maria dat...?

Ze liegt. Ze is in de war.

Nee, ik weet niet waarom ze zoiets zou verzinnen. Misschien heeft mijn moeder dat tegen haar gezegd, maar mijn moeder loog. Ze deed alsof mijn vader haar pijn had gedaan, maar ze had het zelf veroorzaakt.

Blauwe plekken in haar nek. Striemen. Daar deed ze dan een sjaal overheen.

Nee. Ik weet het niet. Ik weet niet waarom ze dat zichzelf zou aandoen.

Misschien wil Maria wraak nemen op mijn vader. Omdat hij haar heeft ontslagen. Hij zegt dat ze stal.

Mijn vader heeft het ons verteld. Zij niet. Zij zei nooit iets. Ze zei alleen dat ze het niet kon uitleggen. Ze schreeuwde 'ga weg' tegen ons. Dus gingen we weg. Maar we haten haar niet. Nee, dat zei mijn vader. Toen we terugreden uit Skagit Harbor. Hij zei...

Jullie moeder houdt van een andere man. Ze verkiest hem boven haar eigen gezin. Dat kunnen we haar nooit vergeven.

Ja, we staan honderd procent achter mijn vader.

Nee. Mijn vader heeft niet gezegd wie die andere man is. Ik weet niet of hij het weet. Of zij het hem heeft verteld.

Nee. Mijn vader was niet boos. Is niet boos. Mijn vader wordt nooit boos.

Todd vindt het nog het ergste. Hij heeft Samantha en mij aan het huilen gemaakt door te zeggen dat onze moeder een hoer is.

Of ik vind dat Krista Connor een...
Ik weet het niet. Daar denk ik niet over na.

Ik wil wel een leugendetectortest doen als u me niet gelooft.

Ja, Todd had een andere moeder. Niet Krista Connor. Zijn eigen moeder is overleden en daarna is mijn vader hertrouwd. Toen was Todd vier of zo. Het is allemaal al lang geleden. We denken er nooit meer aan.

JA, mijn vader was die hele nacht thuis. Dat ZEG IK TOCH.
JA, als hij was weggegaan had ik het wel gehoord.
JA, dat weet ik zeker.
NEE, mijn vader heeft niet gezegd wat ik moet zeggen.
NEE, ik heb het hier niet met Samantha of Todd over gehad.

Mijnheer Sheehan heeft tegen me gezegd dat ik die vraag niet hoef te beantwoorden, maar dat is niet de reden waarom ik geen antwoord geef. Ik geef geen antwoord omdat ik HET NIET WEET. Dat zeg ik toch.

Ja, ik hou heel veel van hem. Hij is een hele goede vader en ik...
Ik hou heel veel van hem.

Mero Okawa. Dat heb ik al gezegd, ik weet niets van hem.
Ik weet alleen dat hij ook 'vermist' is.

Ik zeg toch dat ik dat niet meer weet. Ik geloof dat hij eigenaar was van een van de galeries. Hij nam van heel veel mensen polaroidfoto's, niet alleen van ons.

Nee, mijn vader heeft Mero Okawa nooit ontmoet.

Ja, mijn vader is naar Skagit Harbor gereden. Hij kwam Samantha en mij halen. Maar mijn vader heeft Mero Okawa niet ontmoet, dat weet ik zeker.

Hoe ik dat weet? Ik weet het gewoon.

Omdat mijn vader dat zegt. Mijn vader liegt nooit.

Ik begin van alles te vergeten. Ik slaap niet zo goed, en het lijkt wel of mijn hersens overdag niet meer werken. Vooral over Krista Connor begin ik van alles te vergeten.

Omdat zij mij ook vergeten is, daarom.

Zelfs voor 26 augustus vergat ze me al. Dat kan ik haar niet vergeven.

Niemand kan me dwingen het me te herinneren. Het is mijn recht om het te vergeten.

27 augustus: de verdwijning

Dit is wat ik weet, en wat ik zelf heb moeten invullen.

Rond twaalf uur 's middags van die dag, een woensdag, kwam Melanie Blanchard, de vriendin en buurvrouw van Krista Connor, langs Krista's blokhut aan Deer Point Road. Ze zag dat Krista's auto op de oprit stond en wist dat Krista 's ochtends altijd zat te werken en daarom klopte ze aan bij de hordeur. Er reageerde niemand, maar er was binnen wel licht aan. 'Krista? Ik ben het, Melanie,' riep ze, maar niemand gaf antwoord. Konijn, die meestal blafte ter begroeting, liet zich ook niet horen. Niets. 'Krista? Ben je daar?' zei Melanie. Melanie keek nog eens, maar Krista's stationwagen stond inderdaad op de oprit. Toen zag Melanie ook de jeep van Mero Okawa voor het huis staan.

Melanie duwde de hordeur open en ging naar binnen.

Dit was wat ze zag: een omgevallen rieten stoel, een aardewerken vaas met droogbloemen in stukken op de grond, een omgevallen schildersezel, hobbyspullen op de vloer. Een van de quilts die Krista met de hand had genaaid was van de bank getrokken. Er zaten vlekken op... Bloedvlekken? Melanie keek vol afschuw rond.

De blokhut van haar vriendin zag eruit alsof er een hevige storm had gewoed, die sommige dingen had omgegooid en andere ongemoeid gelaten.

Melanie riep haar collie Prinses die op de oprit had lopen rondsnuffelen. In de blokhut begon Prinses opgewonden te snuffelen en te blaffen naar de gevlekte quilt, en ze draaide in cirkeltjes rond alsof een onzichtbare vijand haar wilde aanvallen.

'Krista? Ben je hier ergens...?'

Angstig ging Melanie kijken in het badkamertje naast de keukenhoek, waar het rook naar gedroogde kruiden en bloemen: niets.

Daarna klom ze de ladder naar de vliering op: niets. Het antieke koperen bed was netjes opgemaakt met een lapjessprei en een paar kussens die Krista hier zo ongestoord had kunnen borduren.

'Ik wist het meteen,' zou Melanie later zeggen. 'Ik wist dat er iets niet klopte. De lichten die aan waren, al die dingen op de grond... en de bloedvlekken. O mijn god, ik wist het gewoon.'

Maar Melanie wilde niet paniekerig doen. Ze ging eerst naar Krista's buren, maar niemand had Krista die ochtend gezien. Een van hen, een vrouw, ging met Melanie en Prinses mee om rondom het huis te kijken. Ze keken ook in de oude opslagloods en in de hooischuur van de buren. Melanie belde met haar mobiel wat wederzijdse vrienden. Eerst Mero Okawa, maar bij hem stond het antwoordapparaat aan. Toen Galerie De Orka. Antwoordapparaat. De andere vrienden die Melanie vervolgens belde zeiden allemaal dat ze Krista die ochtend niet hadden gezien; een paar waren haar de avond daarvoor in het dorp tegengekomen. Ze was naar de opening van een tentoonstelling geweest in een van de galeries, en daarna was ze gaan eten met een groep mensen, onder wie Mero Okawa en verschillende andere organisatoren van het Skagit Harbor Festival. Om een uur of tien waren Krista en Mero samen weggegaan. Ze wilden nog wat dingen bespreken en daarom bracht Mero Krista met de auto naar huis.

Uiteindelijk belde Melanie vroeg in de middag de politie van Skagit Harbor.

'Ik eh... ik wil een vrouw als vermist opgeven.'

2 september: de eed

Eerst had hij een gesprek onder vier ogen met Todd. Daarna met Samantha. En daarna...

'Franky, je gelooft me toch, hè?'

Hij hield mijn beide handen in zijn sterke, warme handen die twee keer zo groot waren als die van mij. Hij sprak eerlijk en nadrukkelijk met me op een manier die ik nog niet van hem kende.

Hij zou me beschermen en me nooit verraden zoals zij dat had gedaan.

Hij zou me niet in de steek laten maar vechten om bij mij te blijven.

'Lieverd, ik heb je moeder nooit iets gedaan. Ik heb haar nooit aangeraakt. Ik weet niet waar ze is of bij wie ze is of waarom ze ons dit aandoet. Waarom ze haar eigen gezin zo kwetst.'

Mijn vaders ogen glansden vochtig. Sinds de dag dat mijn moeder, Krista Connor, als vermist was opgegeven en de politie en de media ons leven waren binnengedrongen, leefden we als in een vesting, omgeven door vijanden. Een laaiend, innerlijk vuur verbond ons.

'Ik zweer het, lieverd,' zei mijn vader zachtjes. 'Ik weet niet waar je moeder is. Ze is uit eigen vrije wil verdwenen. Daar had ze al heel vaak mee gedreigd. De politie zal haar uiteindelijk wel vinden en dan wordt ze ontmaskerd...'

De jaloezieën in de kamer, een studeerkamer met zwaar lederen meubels en een uitgeschakelde computer, waren dicht. Mijn hoofd bonsde en ik moest moeite doen om me te realiseren waar we waren. Niet thuis. In het huis van mijn vaders advocaat in Pinewood Grove, een met hekken afgesloten buurt op Vashon Island. Mijnheer Sheehan had ons hier mee naartoe genomen nadat er op de voorpagina van de *Seattle Times* een artikel was verschenen met de kop 'VROUW VAN REID PIERSON VERMIST IN REGIO SKAGIT HARBOR. Politie verhoort Pierson en anderen'.

Er stond een grote foto bij van mijn ouders in avondkleding, genomen tijdens een evenement in januari.

Daarna ging het snel.

Alle lokale tv-zenders zonden reportages uit over de zaak. Aasgieren waren het, volgens een woedende mijnheer Sheehan. Onze tuin en oprit stroomden vol met onbekenden – journalisten, fotografen, tv-ploegen met loerende camera's. Niemand kon het huis uit zonder een microfoon onder zijn neus te krijgen. Als mijn vader ergens verscheen, bijvoorbeeld bij het politiebureau, met mijnheer Sheehan of een van diens assistenten, was het nog erger. Mijn vader probeerde te glimlachen, want dat deed Reid Pierson altijd. Hij probeerde beleefd te blijven, maar de vragen waren bot en beledigend. 'Mijnheer Pierson? Reid? Waar is je vrouw? Wat is er met je vrouw gebeurd? Klopt het dat jullie in scheiding lagen? Is het waar dat je vrouw een minnaar heeft? Wat heeft de politie je gevraagd? Wat heb je tegen hen gezegd?' Mijnheer Sheehan duwde mijn vader in een wachtende limousine met geblindeerde ramen en hij wuifde die vreselijke mensen weg als hinderlijke vliegen. Maar net als vliegen lieten ze zich niet makkelijk verjagen.

Maar nu waren we in elk geval voor een poosje veilig. Mijn vader was urenlang ondervraagd en werkte bereidwillig mee aan het politieonderzoek. Todd, Samantha en ik verbleven veilig met mijn vader in het grote, door een hoog smeedijzeren hek omgeven huis van mijnheer Sheehan op Vashon Island. Mijn vader vertrouwde hem en zei dat wij dat ook konden doen.

En nu hield mijn vader mijn handen stevig vast en legde me uit dat Krista Connor haar gezin op deze manier wilde straffen. Het was haar manier om wraak te nemen. 'Ik wou dat ik je dit had kunnen besparen, lieverd. Ik wilde jou en Samantha dit niet vertellen, maar Todd heb ik het al gezegd. Sinds afgelopen voorjaar probeert jullie moeder jullie voor zich te winnen. Dat zegt ze: ze gaat jullie "voor zich winnen". Ze wil namelijk scheiden en dan wil ze de volledige voogdij over jullie. Ze heeft iemand anders ontmoet met wie ze wil trouwen. Het draait allemaal om geld. Chantage. Ze wil een schikking van miljoenen dollars en ook nog een maandelijks bedrag plus alimentatie, maar dat heb ik geweigerd, want ik wil niet dat ons gezin te gronde gaat. Het geld kan me niet schelen. Het gaat me alleen om jou, Samantha en Todd. Ik geloof niet in een scheiding. Dus ik heb nee gezegd en nu doet ze ons dit aan. Mij niet alleen, maar ons allemaal... Je gelooft me toch, hè lieverd?'

In mijn vaders ogen zag ik de waarheid. Die waarheid heette liefde en die zou me beschermen.

'J-ja, papa.'

Toen viel ik in mijn vaders sterke armen en huilde. Ik huilde voor het eerst sinds het bericht uit Skagit Harbor ons had bereikt.

3 en 4 september: Vashon Island

'Ik haat haar. Ze heeft ons in de steek gelaten.'

Samantha huilde aan een stuk door. Haar ogen waren zo rood en opgezwollen dat het gewoon eng was. Ze at niet meer en voelde in mijn armen aan als een vogeltje. Haar haar, dat normaal zo glad en zacht was, zat nu vol klitten en als ik probeerde het door te kammen, jammerde ze en duwde me weg alsof ik haar expres pijn deed.

'Kom op, Samantha. Straks is je haar één grote klit.'

'Laat me met rust. Ik vind jou stom!'

Ik vroeg me af of Samantha dacht aan de laatste keer dat we mijn moeder gezien hadden, op de oprit van de blokhut, en aan hoe ze ons toen zonder aarzeling van zich af had geduwd en had geroepen: 'Ga weg nu. Er is hier geen ruimte.'

In het huis van mijnheer Sheehan, dat rook naar dure drank en sigaren, hadden Samantha en ik samen een logeerkamer. Onze huishoudster Lorita (zo bleek ze te heten) was er niet bij, dus ik moest voor Samantha zorgen. Dat vond ik niet erg, maar Samantha was erg drammerig en ze wilde steeds bij mij slapen in plaats van in haar eigen bed. We begonnen elk in ons eigen bed, maar binnen een paar minuten hoorde ik haar al fluisteren: 'Franky, mag ik bij jou komen? Ik ben zo bang.' Meestal zei ik ja. Vervolgens kreeg Samantha het te warm, ze kon niet slapen, ze lag te woelen, ze begon te tandenknarsen of te praten in haar slaap, of ze werd wakker en begon te huilen. Als ik er niet meer tegen kon, glipte ik naar het andere bed en probeerde daar te slapen.

Ik gaf mijn moeder de schuld. Dat dit allemaal gebeurde, dat ons hele leven overhoop lag, kwam allemaal door haar. Krista Connor bedoel ik. Ze was mijn moeder niet meer.

Mijn vader beloofde dat de 'belegering' van de familie Pierson niet lang meer zou duren.

Ze verstopt zich, meiden. Dat is haar wraak. Maar ze kan zich niet voor eeuwig verstoppen. De politie vindt haar wel en dan komt er een einde aan deze nachtmerrie.

Mijn vader wilde dat Samantha en ik de volgende week nog niet naar school zouden gaan, maar ik stond erop toch te gaan. Het idee alleen al dat ik de eerste dagen zou missen! Alsof ik ziek was of zo! 'Waar is Franky?' zouden de mensen zeggen. 'Durft ze soms niet?'

Mijn vrienden waren trouwens geweldig. Twyla belde twee keer per dag en liet berichtjes achter als ik geen zin had om op te nemen ('Franky? Ik belde gewoon even. Je hoeft niet terug te bellen.'); Jenn, Katy, Eleanor en Carole belden of mailden, net als de zwemtrainster Meg Tyler en een paar andere leraren van vorig jaar en zelfs een paar jongens.

Ik sprak mijn vader liever niet tegen; hij was voortdurend onrustig en geïrriteerd en zat te hele dag te bellen of te wachten tot de telefoon zou gaan. Toch zei ik het: 'Ik wil gelijk met de anderen weer beginnen, pap. Ik móet. Alsjeblieft?'

Het was een koppige Freaky-beslissing; ik hoorde het aan mijn eigen stem. Mijn vader en Freaky, dat was een gevaarlijke combinatie. Benzine en een lucifervlammetje. Ik moest vooral de scène aan het ontbijt bij de Blounts niet vergeten, toen mijn vader me bij mijn schouders had gepakt en me genadeloos door elkaar had geschud omdat ik weigerde mijn excuses aan te bieden... 'Straks denken de mensen nog dat ik me verstop. Alsof ik me ergens voor schaam of zo. En dat is niet zo. Ik wil alleen dat alles weer gewoon wordt.'

Mijn vader was verbaasd, maar ook onder de indruk.

'Je bent een taaie, Franky.'

'Dus ik mag volgende week beginnen?'

'Ik zal je niet tegenhouden, schatje.'

Ik zei tegen mezelf dat ik mijn moeder niet nodig had in mijn leven. Het zou wel raar zijn om weer naar school te gaan terwijl mijn moeder er niet was, maar afgelopen voorjaar was ze er de helft van de tijd niet geweest, en ook aan het begin van het najaar had ze in de blokhut in Skagit Harbor gezeten, dus feitelijk veranderde er niet zoveel, toch? Of Krista Connor nou 'vermist' was of als 'gescheiden vrouw' ergens anders woonde, dat maakte weinig uit.

Dat zei ik tegen mezelf, daar in het huis van mijnheer Sheehan op Vashon Island.

Samantha zat pas in groep zes en was veel kwetsbaarder dan ik. Ik had de indruk dat ik onder stress volwassener werd, terwijl Samantha duidelijk kinderlijker werd. Ze was de laatste tijd te rusteloos om langer dan een paar minuten achtereen te lezen, terwijl ze altijd dol op lezen was geweest. Nu zat ze meestal uitdrukkingsloos en met starende blik te zappen, van kanaal 1 naar 98 en weer terug. Samantha wilde juist helemaal niet naar school en ik was het met mijn vader eens dat ze beter een poosje thuis kon blijven. 'In elk geval tot mama terugkomt.'

Mijn vader keek me bevreemd aan, met een vage, verschrikte glimlach.

Ik had een fout gemaakt door Krista Connor 'mama' te noemen. Mijn vader hoorde dat woord liever niet, van geen van zijn dochters. Maar soms, in een situatie als deze, wist ik niet hoe ik haar anders moest noemen.

Mijnheer Sheehan had altijd wel een voorspelling of een belofte paraat.

'Binnenkort is dit allemaal voorbij, zo gauw ze zich realiseren dat ze fout zitten.'

Mijnheer Sheehan sprak onveranderlijk op een opgewonden, goedgeïnformeerde tv-toon. Wanneer hij en mijn vader samen zaten te praten, kreeg je de indruk dat Michael Sheehan de tv-persoonlijkheid was in plaats van mijn vader. Mijn vader was thuis zelden meer opgewekt. Soms schoor hij zich niet eens. Hij moest zijn energie en enthousiasme en zijn stralende Reid Pierson-glimlach opsparen voor wanneer hij het huis uit ging en 'op' moest.

'Jullie zijn moedige meisjes!' zei mijnheer Sheehan tegen Samantha en mij. 'Enorm moedig.'

Freaky vond de man een eersteklas gluiperd, maar hij stond nou eenmaal aan mijn vaders kant. Hij kende de 'labyrintische' methodes van het rechtssysteem en zou Reid Pierson veilig door deze beproeving leiden. Ja hoor, als je maar betaalt, dacht Freaky. Veel betaalt. Ik wist dat topadvocaten als Michael Sheehan zeker driehonderd dollar per uur opstreken en in de rechtszaal zelfs nog meer.

In de rechtszaal?

Als er een proces kwam.

Maar er kán helemaal geen proces komen – mijn moeder heeft zich alleen maar verstopt. Haar mankeert niets. Ze leeft. Ze 'manipuleert' ons. Toch?

Mijnheer Sheehan herhaalde nog eens dat we 'moedige

meisjes' waren. 'Het valt niet mee om de dochters van een beroemdheid als Reid Pierson te zijn. De mensen zijn dol op beroemdheden, vooral op sporthelden, maar ze vinden het ook heerlijk als hun helden in de ellende zitten. Politiemensen zijn ook dol op ze, net als openbare aanklagers, omdat ze uitgebreid in de media komen als ze hen ergens voor kunnen arresteren, het maakt niet uit waarvoor. Klootzakken!' Mijnheer Sheehan zei het zo nadrukkelijk en toonde zo veel steun voor mijn vader, dat ik hem aardig wílde vinden.

Alleen coachte hij ons de hele tijd. Hij deed niets anders dan ons voortdurend coachen.

Ik was al verhoord door een vrouw van het openbaar ministerie. Todd ook. Samantha niet, want die was nog te jong, volgens mijnheer Sheehan. Omdat ik minderjarig was, waren mijn vader en mijnheer Sheehan erbij aanwezig geweest. Ik geloof dat ik een nogal stuurse en bozige indruk had gemaakt. Maar ik moet toegeven dat ik vooral bang was geweest. Mijnheer Sheehan zei dat ik nog een keer verhoord zou worden en dat ik ervoor moest zorgen dat ik alleen maar zei wat ik wilde zeggen, niets meer en niets minder. 'Je moet je tegenstander nooit iets voor niets geven. Laat ze maar werken.' Ik probeerde het politieonderzoek te zien als een soort spel, waarvan mijnheer Sheehan de regels kende; hij zou ze ons leren. Maar ik verloor niet uit het oog dat Krista Connor vinden het doel was van het onderzoek. En dat was een prima doel, iets om naar uit te kijken. Toch?

Je weet toch dat je moeder weg is? Ze komt niet meer terug.

Freaky weet het.

In het onderzoek naar de verdwijning van Krista Connor werden allerlei mensen verhoord. Niet alleen ons gezin, maar ook familieleden van mijn moeder, vrienden, buren en bekenden uit Seattle en Skagit Harbor en waarschijnlijk nog veel meer. De verdwijning van Mero Okawa werd ook onderzocht, maar alleen door de politie van de regio Skagit en er werd veel minder publiciteit aan gegeven. Dankzij de enorme aandacht op tv wist ik dat de bossen, moerassen en verlaten gebouwen in de omgeving van Skagit werden doorzocht, evenals delen van de rivier en andere wateren in de buurt. Forensische experts verrichtten onderzoek op de plek van het misdrijf.

Ik wist wel dat het in de eerste plaats ging om een onderzoek naar een moordzaak, en niet om vermissing, maar ik wilde er niet in die termen aan denken.

Nee! Mama is niet dood. Ik geloof er niets van.

Ze kan niet dood zijn. Mijn vader heeft gelijk, het is een soort spelletje.

Wij, Francesca en Samantha, moeten daarin meespelen.

'Dus jullie vader is die nacht, de nacht van 26 augustus, niet uit het huis weggeweest. Daar zijn we het dus over eens, meisjes?'

Samantha knikte, terwijl ze aan een korstje op haar knie pulkte.

Ze keek glazig en zag er bleek en ziek uit. Wanneer ze niet huilde en zeurde, stond ze in de zombiestand.

'Jullie vader kwam rechtstreeks uit de studio naar huis, dat weten we van diverse getuigen. Hij was "uitgeput" en "vertoonde tekenen van codeïnegebruik" toen hij rond halfacht met jullie ging eten, klopt dat? Hij ging tussen halfnegen en negen uur naar bed en had medicijnen ingenomen waarop hij minstens twaalf uur zou slapen. En dat deed hij ook.' Mijnheer Sheehan liet even een effectvolle stilte vallen en glimlachte. Het was alsof hij een groot, aandachtig publiek toesprak. 'Dus voor zover jullie weten, Francesca en Samantha, heeft jullie

vader de hele nacht geslapen en jullie zouden het gehoord hebben als hij het huis had verlaten. Ja? Todd heeft dit onder ede
verklaard en dat gaan jullie ook doen, Francesca en Samantha?'

Samantha knikte als een zombie. Ik aarzelde, en mijnheer
Sheehan staarde me aan terwijl hij nog nadrukkelijker glimlachte.

'Nou? Francesca?'

Ik knikte ook. Ja, dat zou ik verklaren.

'Dus, meisjes: als jullie gevraagd wordt – en dat gaan ze doen –
waar jullie denken dat jullie vader die nacht was, en of hij ook
maar vijf minuten van huis is geweest, wat zeggen jullie dan...?'

Samantha rilde en stak haar duim in haar mond. 'P-papa was
de hele nacht thuis,' zei ze met een klein stemmetje. 'Dat weet
ik zeker.'

Mijnheer Sheehan wendde zich tot mij. Zijn blik was hard
en geslepen. 'En jij, Francesca? Je moet zeker zijn van je zaak.
Als ze ook maar even de kans krijgen zullen ze proberen je
pootje te haken.'

'Ik heb het toch al gezegd? Al honderd keer.'

'Dan maakt die ene keer ook niet meer uit, meiske.'

Ik aarzelde nog. Mijn hoofd voelde aan alsof er aan de binnenkant glassplinters heen en weer schoven. Het deed pijn.
Freaky was wakker geweest. Freaky had het gehoord.

Had wat gehoord?

Iets.

Maar dat was een droom. En een droom kun je niet bewijzen.

Ik keek naar een verzameling vlekken op mijn hardloop-
schoenen. Wat is dat toch raar: je koopt nieuwe schoenen die
er prachtig uitzien en toch, op een dag, en bij mij gaat dat altijd

redelijk snel, komen er vlekken op en dan beginnen ze er net zo uit te zien als de oude schoenen die je in je kast hebt gegooid bij de twee of drie nog oudere paren die je nog steeds niet hebt weggegooid. Wat kan het toch snel gaan, dat je schoenen er niet meer nieuw uitzien.

Een auto op de oprit met de koplampen uit. Een deur die aan het andere eind van de gang opengaat. Voetstappen?

Kan niet bewezen worden.

De groenglanzende cijfers op de digitale wekker, zwevend in het donker naast je bed. Freaky die met wijdopen ogen ziet dat het 4:38 is.

Kan niet! Kan niet bewezen worden.

Wanneer mijnheer Sheehan begon te transpireren, ging zijn aftershave een beetje ranzig ruiken. Zoals nu. Hij staarde me aan en glimlachte nadrukkelijk. Samantha, die de hele dag te lusteloos was geweest om me ook maar een blik waardig te keuren, staarde me nu ook aan, haar duim in haar mond. Eén eng moment vroeg ik me af ik ik een geluid had gemaakt, of ik had gekreund of iets in mezelf had gemompeld.

'Nee. Echt. Dat zei ik toch. Ik zweer dat papa die hele nacht thuis is geweest. Papa is geen minuut weg geweest. Dan zou ik het gehoord moeten hebben. Ik zweer het.'

4 september: Freaky logica

Freaky benaderde het rationeel. Het was niet ingewikkelder dan de zijden van een gelijkzijdige driehoek berekenen. Als mama er niet meer is en ook nooit meer terugkomt, blijft je vader over. Papa houdt van je. Alleen papa houdt van je.

8 september, eerste schooldag:
Freaky Groene Ogen

Daar heb je haar...

Wie? Die met dat rode haar?

Ja, dat is Franky.

Franky wie?

Niet zo staren, man! Je weet wel, Franky Pierson. De dochter van Reid Pierson.

Wááát? Is zij dat?

Ja, zij ja.

Hoe neemt Franky het op?

Je weet hoe ze is; die doet of er niets aan de hand is. Vreemd hè?

Het is wel erg. De vader van Franky heeft het niet gedaan. Ik geloof nooit dat Reid Pierson dat gedaan kan hebben.

Ik ook niet. Reid Pierson is het einde.

Hij is waanzinnig knap. En aardig. Mijn moeder valt op hem.

Mijn moeder ook!

Maar als hij de dader niet is, wie heeft het dan gedaan?

Wat gedaan? Er is geen lichaam gevonden. Nog niet.

Ik had een leuke mentorklas, met een mentor die bij iedereen geliefd was. Er zaten drie vriendinnen van me in, onder wie

Twyla. En ik had leuke vakken, in elk geval biologie en kunstgeschiedenis en Engels. Engels had ik samen met maar zeven andere leerlingen en het werd gegeven door een leraar die gedichten publiceerde. Twyla vroeg of ik alleen met haar en Jenn wilde lunchen of aan een grotere tafel, zoals we meestal deden. Ik zei bedankt, en mompelde dat ik niet zo'n honger had en nog even naar de bibliotheek moest. Dat was nog waar ook, maar eten deed ik wel; ik haalde wat uit de automaat en werkte dat in vijf minuten naar binnen. Iedereen deed overwegend aardig. Als ik erbij was, tenminste.

Er was één uitzondering: de rector, mijnheer Whitney, die jarenlang had geprobeerd om mijn vader zover te krijgen dat hij op Forrester langskwam ('Alleen even langswippen en misschien een glaasje drinken in mijn kantoor.'), negeerde mij overduidelijk. Hij had altijd 'Hé, Francesca!' geroepen, maar nu ik toevallig langsliep in de hal, waar hij met wat bovenbouwleerlingen stond te praten, verstijfde hij. Daarna wendde hij zich af, niet veel, maar onmiskenbaar, alsof hij een gedrocht had gezien. Ik groette hem nadrukkelijk met mijn lage Freakystem. Even laten weten dat ik die hypocriet wel doorhad.

Na dit incident werd het plotseling behoorlijk duidelijk dat iedereen me vanuit zijn ooghoeken in de gaten hield. Ze gluurden langs de deur van hun kluisje, keken op de trap over hun schouder. 's Middags leek het wel of mijn leraren het gênant vonden om mijn naam op te lezen van de presentielijst – 'Francesca Pierson?' – en als ik mijn hand opstak en 'ja' zei, werd het stil in de klas. Ik voelde dat de leerlingen achter me me zaten aan te staren en dat de mensen voor me zich expres niet omdraaiden.

De leraren wisten natuurlijk wie ik was. Ik was nieuw in hun klas, maar ze wisten het toch. Ik zag de sympathie uit hun ogen druipen, alsof ik een lepralijder was met wie ze wel medelijden hadden, maar bij wie ze niet te dicht in de buurt konden komen, want stel je voor dat het besmettelijk was. Arm kind. Haar moeder wordt vermist. De politie verhoort haar vader. Je weet wie haar vader is, hè? Ik kon die woorden haast als een mug in mijn oren horen zoemen. Freaky hield zich groot, maar halverwege het vijfde uur, maatschappijleer, ging ze plotseling kopje-onder; ik werd koud en misselijk en ik wist dat ik de les niet kon uitzitten. Zwakjes stak ik mijn vinger op om de leraar duidelijk te maken dat ik me beroerd voelde. Met hangend hoofd, mijn blik op de grond gericht en mijn rugzak tegen mijn borst geklemd, liep nee rende ik de klas uit.

Op de wc moest ik overgeven en ik kreeg een aanval van diarree. Het voelde alsof mijn darmen in brand stonden en ik rilde. Ik was zo zwak dat ik naar de ehbo-post strompelde, waar de schoolverpleegkundige een blik op mijn gezicht wierp en zei dat ik maar moest gaan liggen. Ze nam mijn temperatuur op – 38 graden, wat volgens haar lichte koorts betekende – gaf me twee aspirientjes en zei dat ik waarschijnlijk een griepje onder de leden had.

Ik lag te rillen onder een deken en vroeg me af of de zuster wist wie ze voor zich had. Wist ze wiens dochter ik was? Zou ze vanmiddag opgewonden tegen iedereen zeggen: driemaal raden wie ik vanmiddag met griep bij me kreeg?

9 september: tante Vicky en de reuzenatlasvlinder

Freaky had zich voorgenomen zich niet te laten kennen, maar zodra tante Vicky me zag en op me afstormde om me te omhelzen, kon ik niets anders doen dan me in haar armen storten. Het was alsof ik viel en zij me redde. Ik voelde haar trillen – heel vreemd. Was dit wel de echte tante Vicky, of iemand anders? Alles aan haar was veranderd, zelfs haar stem.

'We mogen de hoop niet opgeven, Franky. We moeten bidden. Misschien is er – er is vast niets aan de hand.'

Tante Vicky was mijn moeders zus en drie of vier jaar ouder dan zij. Ze was groot en sterk en meestal in een uitstekende conditie dankzij haar wandeltochten, rugzakvakanties en hardlooptrainingen. In de familie werd ze erop aangekeken dat ze niet was getrouwd, onafhankelijk was en haar 'eigen weg koos', maar ze oogstte er tegelijkertijd bewondering mee. Nu was ze echter zenuwachtig en labiel. Het gaf me een schok dat ze er zo slecht uitzag. Ze had haar haar, vaalrood en grijzer dan dat van mijn moeder, strak uit haar gezicht weggekamd en dat gaf haar een rauw, kwetsbaar en onbeschermd uiterlijk. Mijn vader vond het niet leuk dat ik een afspraak had met tante Vicky – ze hadden nooit goed overweg gekund – maar in het verleden had hij toch ook wel een soort bewondering voor haar gehad. Hij zei altijd dat Krista de mooie zus was en Vicky de slimme. Hij zal het wel als een compliment bedoeld hebben, maar het klonk alsof zowel Krista als Vicky iets essentieels misten.

De ogen van tante Vicky waren gezwollen en rood, net als die van Samantha, en haar stem was onvast. Ik vond het vreselijk om haar zo te zien!

'Franky? Hoe is het nu? En met Samantha?' vroeg ze, smekend bijna.

Ik haalde mijn schouders op. Die vraag kreeg ik van elke volwassene die ik tegenkwam.

Ik ging de waarheid toch niet vertellen. Dat ik enorm onsmakelijke problemen met mijn ingewanden had en dat ik deze maand elf dagen te vroeg ongesteld was geworden en dat ik bijna niet goed was geworden van de krampen en dat ik niet meer dan een uurtje achtereen kon slapen en psychotische dromen had en in de war en boos was. Mooi dat ik aan niemand ging vertellen wat er in me omging, zelfs niet aan tante Vicky, hoewel ik wist hoeveel ze van me hield.

Mijn moeder is weggelopen. Ze heeft ons in de steek gelaten.

Dus waarom zouden we ons nog druk om haar maken?

Tante Vicky pakte mijn schouders vast en keek me onderzoekend in de ogen. 'Kun je me alsjeblieft iets over je moeder vertellen, Franky? Over de laatste keer dat je haar hebt gezien? Die zondag dat ik zou komen? En jij en Samantha al weg waren? En – nou ja, alles! Vertel me maar alles wat je weet.'

Het is altijd vervelend als een volwassene je om iets smeekt. Je vindt het vreselijk dat je ze niet kunt geven wat ze willen hebben en je haat ze omdat ze je in die situatie brengen.

Mijn vader had me al gewaarschuwd dat mijn tante 'bemoeizuchtige' en 'beschuldigende' vragen zou stellen, net als de politie. Mijn vader had me gewaarschuwd dat ik heel voorzichtig moest zijn met wat ik tante Vicky vertelde, omdat ze 'aan je moeders kant staat' en 'onze vijand is'. Mijn vader geloofde dat mijn tante het huwelijk van haar jongere zus nooit een goed idee had gevonden en dat alles wat ze zei over Reid Pierson bevooroordeeld was. Ze had een hekel aan sport, aldus mijn vader, en dus ook aan hem.

Tante Vicky vroeg me naar die zondag, toen papa naar Skagit Harbor was gereden om Samantha en mij mee naar huis te nemen. Had ik iets kunnen horen, toen hij en mijn moeder samen in de blokhut waren – wat dan ook?

Ik schudde snel mijn hoofd, maar tante Vicky geloofde me niet: 'Kijk me eens aan, Franky. Kijk eens in mijn ogen. Ik weet ook wel wat je tegenover de politie hebt verklaard, maar tegen mij kun je het toch wel zeggen?'

Ik deed mijn ogen dicht en schudde mijn hoofd. Mijn paardenstaart sloeg tegen mijn rug. 'O Franky,' zei tante Vicky plotseling emotioneel, 'ik denk dat je vader... dat je vader...'

Ze stopte, haar ogen vol tranen. Wat ze ook wilde zeggen, ze kon het niet opbrengen.

Haar sloeg. Haar mishandelde. Haar bedreigde.

Ik deed een stap naar achteren, zelf plotseling ook emotioneel. Er schoot een paniekerige woede door me heen. 'Ik wéét niet waar mijn moeder is, tante Vicky.'

'Franky, wacht nou even...'

'Laat me met rust!'

Ik rende de kamer uit met mijn handen tegen mijn oren, zodat ik tante Vicky, die me nariep, niet kon horen.

Toen ik in de tweede tot het zwemteam werd toegelaten was mijn vader zo trots op me, dat ik toestemming kreeg om met tante Vicky mee te gaan op een van haar tochten naar het zuidwesten. Het uitje duurde maar vijf dagen, maar het was waanzinnig leuk om met haar rond te trekken en dingen te zien. Een van de plekken die ik me herinner is de tropische tuin van een natuurmuseum in New Mexico. Het was er prachtig: gigantische bomen en druivenranken, de meest prachtige oerwoudbloemen en overal vlinders, sommige zo groot als mijn hand en met prachtige kleuren, alsof ze beschilderd waren. Ze leken wel tam. En overal zaten vogels te kwetteren. De kas had een regenwoudklimaat en de lucht was er zo vochtig dat je voelde hoe zich op je huid druppels vormden. De mooiste vogels vond ik de grote, witte kaketoes en de Amazonepapegaaien, met hun prachtige heldergroene en bloedrode veren en hun pientere oogjes. Eentje heette Daisy. Toen tante Vicky en ik naar haar stonden te kijken kraste ze 'Hallo! Mooie meid! Moooi-e meid!' Ik wilde haar over haar kop aaien, maar tante Vicky pakte nog net op tijd mijn hand. Aan het rekje waar Daisy op zat was een bordje bevestigd: Ik bijt. Achteraf heb ik spijt, maar ik bijt. Oppassen dus!

Het opvallendst in de tuin waren de atlasvlinders. Het zijn eigenlijk motten, maar ze zijn zo mooi dat het vlinders lijken. Ze waren bijna zo groot als een vleermuis en ze hingen in groepjes aan boomstammen en druivenranken. Sommige kon je bijna niet zien, zozeer leken ze op de boom waarin ze zaten. Ze hadden gespikkelde vleugels en de kleur van bruine mist. Tante Vicky had ons uitje zo gepland dat we precies hier waren tijdens hun paarseizoen. Inderdaad kon je de motten zien paren, nou ja, min of meer dan: dan zat er een grote gespikkelde mot op een andere, die iets kleiner was. Ze bewogen niet; niet terwijl wij keken, althans.

'Wat er zo speciaal is aan deze motten,' legde tante Vicky uit, 'is dat ze maar drie tot vijf dagen als motten leven. Ze hebben voortplantingsorganen, maar geen spijsverteringsstelsel! Als ze eenmaal uit hun cocon zijn, hebben ze maar een paar dagen om te paren voor ze wegkwijnen en doodgaan. Maar dan komt er een nieuwe generatie die de cyclus voortzet.' Tante Vicky vertelde het alsof het goed nieuws was.

Ik lachte en rilde: 'Blij dat ik geen reuzenatlasvlinder ben!'

'Ja, maar voor de vlinders zijn die drie tot vijf dagen hun hele leven. Waarschijnlijk is het voor hun gevoel lang genoeg.'

'Echt iets voor jou om dat te zeggen, tante Vicky.'

'De natuur zit soms raar in elkaar, Franky, maar toch klopt het allemaal.'

Ik wist dat tante Vicky biologie en ecologie had gestudeerd, maar koppig als ik was zei ik: 'Misschien klopt het wel helemaal niet, tante Vicky. Misschien willen mensen als jij dat alleen maar geloven.'

Nu, drie jaar later, dacht ik terug aan dat gesprek. Ook nu hield tante Vicky vol dat alles klopte en dat alles uiteindelijk goed zou komen. En dat dertien dagen nadat Krista Connor en Mero Okawa als vermist waren opgegeven ook voor hen nog alles goed zou kunnen komen.

27 augustus – 9 september: het onderzoek

'Ik mis Konijn. Ik wil Konijn terug.'

Samantha klonk verdrietig, maar berustend. Ze wist dat wat zij wilde er niet toe deed.

De omgeving van Skagit Harbor was dagenlang doorzocht door politie, reddingswerkers en vrijwilligers, maar Krista Connor en Mero Okawa waren nog steeds niet gevonden, evenmin als Konijn, de hond van Krista Connor.

In de berichtgeving werd de hond zelden genoemd; niemand was geïnteresseerd in Konijn, behalve Samantha. En ik. Ik wenste hartstochtelijk dat Konijn nog leefde. Soms, als ik mijn ogen dichtdeed, kon ik zijn teennagels over de vloer horen tikken. Dan hoorde ik zijn kortademige, hoge kefjes: Hé! Hallo! Hier ben ik!

Ik vertelde Samantha niet wat ik had ontdekt op een van de websites die aan de zaak waren gewijd: dat de bloedsporen op de lappendeken van Krista Connor geïdentificeerd waren als 'niet-menselijk'.

Het was niet het bloed van Krista Connor geweest en ook niet van Mero Okawa; het was van Konijn. Ik wist het gewoon.

Hij had geblaft en geprobeerd te bijten in een poging zijn bazin te beschermen. Hij was een dapper, opgewonden hondje en de eerste de beste jongen of man van enige omvang zou hem met een paar flinke schoppen kunnen doden.

In ons gezin hadden we het nooit over het politieonderzoek. En met 'gezin' bedoel ik wat ervan over was: papa, Todd, Samantha en ik.

We hadden het nooit rechtstreeks over Krista Connor, meestal over 'zij' of 'haar'. Ze was meer een vermist ding dan een vermist persoon. Over Mero Okawa hadden we het zelden – het was niet zo moeilijk om niet aan hem te denken, maar als hij ter sprake kwam, werd hij simpelweg met Okawa aangeduid.

Alleen mijn vader en mijnheer Sheehan spraken die naam uit: 'Okawa', met een blik waaruit minachting en afschuw sprak, alsof ze een vieze smaak in hun mond kregen.

Als je de kranten of de tv mocht geloven, was hier sprake van een vermist 'stel'. Omdat ze samen verdwenen waren en de jeep van Mero Okawa de hele nacht bij de blokhut van Krista Connor had gestaan, werd aangenomen dat ze minnaars waren, of in elk geval een relatie hadden. Vrienden en buren in Skagit Harbor ontkenden dit nadrukkelijk, maar dat werd door niemand serieus genomen. Over het algemeen wilde men geloven dat de vermiste vrouw gescheiden leefde van haar beroemde echtgenoot en een verhouding had met een plaatselijke galeriehouder, en dat die verhouding, en het overspel van de vrouw, waarschijnlijk de redenen waren voor hun verdwijning. De meeste mensen meenden dat de bekende echtgenoot iets te maken had met de verdwijning, maar er waren er ook die ervan overtuigd waren dat de twee samen waren gevlucht. In de *Seattle Star*, een roddelblad, verklaarde een anonieme 'goede bekende' van Mero Okawa dat deze een 'opvliegende man was die zich in het verleden schuldig had gemaakt aan huiselijk geweld'. Bij *Avond in Seattle*, een *latenight* talkshow op de lokale tv, werd serieus de mogelijkheid besproken dat

Krista Connor door Mero Okawa 'ontvoerd' was.

Het vermiste stel was inmiddels gesignaleerd in Las Vegas, Palm Springs en Kailua Bay op Hawaï.

Mijnheer Sheehan gaf tegenover de pers toe dat zijn cliënt en Krista Connor in gesprek waren geweest over een 'vriendschappelijk uit elkaar gaan', maar niet over een scheiding.

Reid Pierson noch zijn vrouw Krista Connor geloofde in scheiden, aldus Sheehan. Mogelijk was er sprake van een andere man ('maar hier is mijn cliënt niets van bekend'), maar feitelijk stonden de Piersons op het punt het weer bij te leggen toen Krista Connor verdween.

Toen ik dat op internet las, voelde ik een vlaag van hoop. Zou mijn moeder weer naar huis komen? Werkelijk?

Freaky wilde niets liever dan dat.

'Wat wilde je tante van je, Franky?'

Mijn vader vroeg het vriendelijk en terloops, maar ik zag de spanning in zijn kaken. De laatste tijd deed hij geen tv-werk meer. Hij ontving nog steeds salaris van de omroep, maar zijn taken als sportverslaggever waren 'tijdelijk opgeschort', aldus de *Seattle Times*. Het maakte hem rusteloos en hij hield zijn dochters scherp in de gaten. 'O, gewoon een beetje praten. Niets bijzonders,' antwoordde ik.

'Onrust stoken zeker, hè? Net als de rest van die familie.'

Ik beet op mijn lip en wist niet wat ik moest zeggen. Freaky's hart bonsde hard en koppig.

'Tante Vicky vroeg zeker naar mij, hè? Ze wilde me zeker verdacht maken. Alsof dit voor mij niet erg is. Ik ben er net zo kapot van als zij. Erger nog! Ik ben verdomme de echtgenoot in dit hele gedoe!' Mijn vader wreef boos over zijn ogen. Hij had tegenwoordig voortdurend last van zijn voorhoofdsholte, zei hij, en de medicijnen hielpen niet. 'Heb je dat tegen haar gezegd? Tegen die bemoeial?'

'Tante Vicky is best aardig, pap,' zei ik ongemakkelijk. 'Ze maakt zich gewoon zorgen over... haar zus.'

'Ja, dat is wel het minste. Zomaar verdwijnen met haar "allochtone" minnaar. Ze zeggen trouwens dat die Okawa gestoord is. Hij doet het met jonge jongens. Smerige SM-spelletjes. Dingen die je op internet ziet. Hij heeft die naïeve moeder van je te pakken genomen.' Mijn vader schudde droevig zijn hoofd.

Dat was nieuw voor me! Freaky wilde er iets tegenin brengen.

'De Connor-familie is volledig gestoord. Ze zijn wantrouwend en paranoïde. Ze hebben "alle contacten met mij verbroken", heeft hun advocaat openbaar gemaakt. Leuk hè?'

Ik wist niet precies wat mijn vader bedoelde, maar besefte wel dat ik beter niet om uitleg kon vragen.

'De volgende keer dat je tante Vicky hier komt, wil ik erbij zijn. En ik wil ook dat Mike Sheehan erbij is. Ik wil niet dat die gestoorde mannenhaatster mijn dochter beïnvloedt, zoals ze heeft gedaan met haar zus. Al die Connors hebben tegenover de politie valse getuigenissen over mij afgelegd. Dat zal ik ze nooit vergeven. En jij ook niet.'

Mijn vader zag er zo ziek en zo verdrietig uit, dat ik hem wilde knuffelen, maar ik durfde hem niet aan te raken.

'Goed, pap.'

'Todd staat aan mijn kant. Op Todd kan ik bouwen, hij weet hoe het werkt. Zij heeft zijn hart gebroken door te doen alsof ze een echte moeder voor hem was, terwijl ze niet eens een goede stiefmoeder kon zijn. En jij en Sammie staan ook aan papa's kant, hè? Als zij weer opduikt, gezond en wel, arresteert de politie háár. En weet je wat ik dan doe? Ik sleep haar voor de rechter! Omdat ze haar gezin door het slijk heeft gehaald, omdat ze heeft geprobeerd ons in het ongeluk te storten. De carrière van Reid Pierson te verpesten. En dan zijn jullie mijn getuigen, hè?'

Het was niet eens een vraag, het was een bevel.

'Franky, grote meid van me. Jij zit in mijn team, hè?'

'Ja pap.'

'Het kon wel eens heel vervelend worden. Nog vervelender dan nu, wanneer ze terugkomt.'

Mijn vader sprak met zo veel overtuigingskracht en hij had zo'n vreemde gezichtsuitdrukking (die ik niet kende van zijn tv-optredens), dat ik geloofde dat hij de waarheid wel móest spreken.

Wanneer ze terugkomt.

10 september: de *Don Spence Show*

De stem klonk bezield en oprecht.

'Weet je wat ik denk? Volgens mij moet je het vergelijken met het gevoel dat de tribune heeft als er een sporter, een sportheld, gewond van het veld wordt gedragen. Ze aanbidden je, maar tegelijkertijd willen ze je de modder in trappen, je neerhalen naar hun eigen niveau.'

Het was niet Reid Pierson die deze woorden sprak, maar zijn interviewer, de man met het borstelhaar: Don Spence, van de lokale en o zo populaire *Don Spence Show*.

'Eh, nou Don, ik kan je niet helemaal ongelijk geven,' zei mijn vader met een vage, ernstige glimlach, als een man die probeert zeer zorgvuldig zijn mening te vormen, 'maar ik denk wel dat het onbewust gebeurt. Het gaat niet bewust. Denk je wel?'

'Het gebeurt misschien niet bewust, maar het gebeurt wél.'

'Nou, dat heb ik wel gemerkt, ja. Reken maar dat het echt gebeurt.'

Mijn vader lachte hoofdschuddend.

Don Spence interviewde Reid Pierson, zijn oude collega en rivaal. Soms was Don onvoorspelbaar en zelfs wreed tegen de ongelukkige gasten in zijn show, maar meestal deed hij hartelijk, vriendelijk, grappig en onbevooroordeeld. Reid en hij waren dan wel rivalen en werkten voor concurrerende zenders, maar: 'Op dit moment is er geen betere sportverslaggever op tv dan Reid Pierson,' aldus Don Spence, nadat hij zijn gast welkom had geheten in zijn show en hem hartelijk de hand had geschud. 'En dat zeg ik niet om je te vleien, dat doe ik nooit. Ik zeg het omdat het zo is.'

'Bedankt Don. Dat waardeer ik.'

Mijn vader zei het nederig en even leek het of hij een traan moest wegpinken.

Wat was hij toch knap! Hij leek haast twintig. Zijn houding, met de kin omhoog, was precies goed. De blauwachtige kringen rond zijn ogen leken verdwenen, net als de verkrampte, gepijnigde uitdrukking die we wekenlang op zijn gezicht hadden gezien. Er was niets uitbundigs aan hem, want hij zat tenslotte in de *Don Spence Show* om het te hebben over de mysterieuze verdwijning van zijn vrouw, maar hij was wel in staat om op de juiste momenten te glimlachen.

Todd, Samantha en ik zaten te kijken in ons huis in Yarrow Heights. Nu de aandacht van de aasgieren van de pers – zo noemde mijn vader ze – verslapt was, waren we daar weer ingetrokken. Todd nam het interview op. Sinds 27 augustus had hij voortdurend nieuwsuitzendingen en lokale talkshows opgenomen om een 'archief' voor mijn vader aan te leggen. Het najaarssemester van Western Washington begon pas over twee weken en tegen die tijd, zo meende Todd, zou de zaak opgelost zijn. Tegen die tijd zouden we ons leven weer kunnen oppakken.

Ik was dezelfde mening toegedaan. Na die eerste, moeilijke dag was ik toch weer naar school gegaan en ik was van plan dat te blijven doen. Leef bij het uur, leef bij de dag; je gaat het redden, vond Freaky.

Don Spence vuurde op zijn onomwonden manier vragen op

Reid Pierson af en Reid Pierson gaf onomwonden antwoord:

'Weet je waar je vrouw zich op dit moment bevindt, Reid?'

'Nee, ik heb geen idee.'

'Heb je iets te maken gehad met haar verdwijning?'

'Absoluut niet, Don.'

'En je hebt op dit moment ook geen contact met haar?'

'Was dat maar waar, maar nee, we hebben geen contact.'

'Ken je Mero Okawa?'

'Nee.'

'Nooit ontmoet?'

'Nooit gezien.'

'Is er iets waar van de geruchten dat je vrouw, Krista Connor, wilde scheiden?'

'Helemaal niets, Don. Echt he-le-maal niets.'

Mijn vader werd bijna emotioneel bij deze laatste woorden.

Na de reclame volgde een oude opname waar we niet op waren voorbereid: videoclose-ups van onze ouders. Mijn vader en moeder stonden jong en knap te glimlachen. Mijn keel kneep samen; dit had ik niet verwacht. Er volgden foto's van de Piersons met hun kinderen: de lange, knappe Todd ('de twintigjarige zoon van Reid Pierson uit een eerder huwelijk') en de twee Pierson-dochters ('Francesca, vijftien, en de tienjarige Samantha').

Samantha, die naast me op de bank zat, maakte een zacht, jammerend geluid, als een angstig katje. 'O, mammie.'

Ik knipperde met mijn ogen de tranen weg. Ik besloot dat ik me liever opgelaten wilde voelen om zo op tv te komen, meer dan levensgroot op dat enorme scherm in de huiskamer, dan dat ik zou gaan zitten janken.

'Ik wil mijn mammie terug. Waarom komt mammie niet terug? Papa zegt dat ze zich verstopt heeft,' jammerde Samantha.

'Hou je kop nou eens, Samantha,' snauwde Todd. 'Ik wil dit horen.'

Daarna volgden 'hoogtepunten uit de sportloopbaan van de populaire rugbyspeler'. Toen korte interviews met bekende mensen die hun steun voor Reid Pierson uitspraken: de manager van de Seahawks; sportjournalisten; Brock Hawley, de voormalige burgemeester van Seattle, die jarenlang bevriend was geweest met mijn vader; en de vrijgevige zakenman Bud Blount. 'Ik ben verdomde boos over wat hier gebeurt, over deze hetze van de media. Je bent "onschuldig tot het tegendeel is bewezen", zo werkt dat hier in Amerika. Iedereen die Reid Pierson kent weet dat hij een liefhebbende echtgenoot en vader is en een prima, oprechte kerel. Persoonlijk denk ik dat er gewoon sprake is van een echtelijk ruzietje, een huiselijke aangelegenheid tussen partners die een beetje uit de hand is gelopen...'

Daarna volgden er opnames en foto's van Reid Pierson toen hij halverwege de twintig was, met een mooie, jonge, blonde vrouw aan zijn zijde: 'Bonnie Lynn Byers uit Los Angeles, Reid Piersons eerste vrouw.' Er verschenen foto's van Bonnie Lynn Byers uit haar tijd als fotomodel en opnames van het jonge paar op hun bruiloft; daarna foto's van de Piersons op het oudejaarsbal van de gouverneur in 1983 en van de twee in 1984, in oogverblindend witte sportkleren aan dek van een jacht van een van hun vrienden. Hier klonk de voice-over van Don Spence dramatisch en indringend terwijl er zeilboten over het scherm gleden: 'Piersons eerste vrouw overleed plotseling in juni 1985 onder onopgehelderde omstandigheden – tijdens een zeilongeluk op de Puget Sound met Reid Pierson als enige getuige.' Toen nog meer foto's en close-ups van Reid Pierson die radeloos zijn gezicht trachtte te verbergen voor de fotografen, terwijl de stem van Don Spence zei: 'De politie houdt het op een ongeluk, maar de officier van justitie dringt aan op verdergaand onderzoek; de uiteindelijke conclusie in deze controversiële zaak is dat er inderdaad sprake is geweest van een ongeluk. Twee jaar later hertrouwt Pierson.'

Zodra Bonnie Lynn Byers op tv verscheen, kreunde Todd alsof hij pijn had. Hij mompelde iets wat klonk als 'o, god,' en het blikje bier dat hij in zijn rechterhand had viel uit zijn hand op de vloer, zonder dat hij het leek te merken. Samantha en ik keken onze oudere broer angstig aan, hopend dat hij het niet op ons zou afreageren, maar zijn blik was star en leeg. Zijn halfgesloten ogen stonden glazig.

Terwijl de *Don Spence Show* werd onderbroken door het zoveelste reclameblok, hees Todd zich uit zijn stoel omhoog en strompelde de kamer uit.

'Was dat Todds mama?' fluisterde Samantha. 'Wat was die mooi.'

Ik wist wel dat ik achter Todd aan zou moeten gaan. Het was voor mij al een schok om zijn moeder zo onverwacht op tv te zien, dus hoe zou het bij hem dan wel zijn aangekomen. Maar Freaky zag dat anders. Laat hem met rust. Hij hoeft jou niet.

Eerlijk gezegd was ik bang voor mijn broer. Sinds de verdwijning van mijn moeder en die keer dat hij haar een hoer had genoemd, was hij uitermate labiel en onvoorspelbaar. In het huis van mijnheer Sheehan en hier bracht hij uren achtereen door op de fitnessapparaten en hij was altijd aan het gewichtheffen. Hij beweerde dat hij zijn eigen gewicht kon tillen: 96 kilo.

De *Don Spence Show* ging weer verder met het studiogesprek tussen Don en zijn gast Reid Pierson. Je kon merken dat de twee mannen samen hadden zitten praten en zelfs lachen terwijl de oude beelden werden uitgezonden; het was duidelijk dat mijn vader geen idee had wat honderdduizenden mensen zojuist op hun scherm voorbij hadden zien komen. En Don Spence liet niet blijken hoe hij zijn 'vriend en rivaal' een mes in de rug had gestoken. Hij sloot het interview enthousiast af met de opmerking dat Bud Blount helemaal gelijk had en dat je in Amerika 'onschuldig bent zolang het tegendeel niet is bewezen'. Mijn vader mocht als laatste iets zeggen. Hij keek recht in de camera: 'Ik zou iedereen die misschien belangrijke informatie heeft over mijn vrouw Krista Pierson, vermist sinds 27 augustus, willen vragen: help ons alstublieft! We loven een beloning uit van vijftigduizend dollar voor degene die met informatie komt die leidt tot de terugkomst van Krista. En Krista...' hier begon mijn vaders stem te trillen en er welden tranen op in zijn ogen, '...als je dit ziet, alsjeblieft schat, alsjeblieft, laat iets van je horen. Kom alsjeblieft terug. Ik hou van je lieverd, we houden allemaal van je en we missen je. Alsjeblieft, Krista.'

Ik moest Samantha troosten die inmiddels in tranen was uitgebarsten, maar mijn blik bleef op de tv gericht. De camera zoomde uit op Don Spence en Reid Pierson die kameraadschappelijk zaten na te praten terwijl de herkenningsmelodie van de show luider en luider werd.

Denk aan Mijnheer Haan!

...Ik fietste in een vagelijk bekende omgeving. Ik had haast en mijn hart klopte ongerust. Waar was ik? Waar waren deze heuvels, deze geur van water? Ik kon de omgeving niet goed zien. Er leken wel huizen te zijn, maar ze stonden ver uit elkaar en hun kleuren waren vaag. Mam? Mammie? Ik probeerde Freaky Groene Ogen te worden, maar ik was bang en dat is Freaky nooit. Ik had het gevoel dat ik veilig zou zijn als ik eenmaal was aangekomen op de plek waar ik naar op weg was, maar er was iets met mijn fiets. Het was de fiets van Mero Okawa en het stuur was te hoog en de wielen waren plotseling niet rond meer; ik kon mijn evenwicht niet bewaren en viel telkens om. Mam? Waar ben je, mam? Het was niet mijn eigen stem; hij klonk veel jonger.

Langs de kant van de weg was vaag een bleekgroen huis zichtbaar met grote appelbomen in de voortuin. Ik wist dat dit huis belangrijk voor me was, maar kon me niet meer herinneren waarom. Plotseling zag ik de rivier. Dat moest de Skagit zijn, wist ik. Ik probeerde naar Deer Point Road te rijden, waar mijn moeders blokhut stond, maar de weg ging steil omhoog en hoe hard ik het ook probeerde, het lukte me niet om de trappers rond te laten gaan, al was ik Freaky Groene Ogen, al wist ik wat ik wilde en was ik niet bang.

Mam! Help me!

Er begon een haan te kraaien. Ik herkende het geluid: het was Mijnheer Haan, hoog boven op het dak van de oude hooischuur. Ik wreef in mijn ogen en kon hem bijna zien. Op de een of andere manier was hij een papegaai met heldergroene veren, maar toch was hij Mijnheer Haan en hij wist wie ik was. Daarom kraaide hij ook: om me aan te moedigen.

Plotseling klonk het gekraai naast me, in mijn eigen kamer. Ik werd er wakker van en opende verward mijn ogen.

Het was Samantha die in haar slaap lag te huilen. Ze was mijn kamer binnen geslopen en lag opgerold als een poes aan het voeteneind van mijn bed, alsof ze bang was geweest om mij wakker te maken als ze onder de dekens zou zijn gekropen.

11 september: de geheime plek

De volgende ochtend nam ik de Greyhoundbus van 9 uur 35 van Seattle naar Skagit Harbor.

Dat was behoorlijk gedurfd, ja. Ik had het besluit in een oogwenk genomen. Het was een Freaky-ingeving, maar na de droom waarin Mijnheer Haan me riep, wist ik dat het de goede beslissing was.

Het valt niet mee om zonder auto ergens te komen. Ik nam eerst een bus van Yarrow Heights naar het centrum van Seattle, over de drijvende brug. Ik was nog nooit bij het busstation geweest en wist dus niet eens zeker of het daar wel was. Met de pont was ik vaak genoeg geweest, maar de bus nam ik zelden. Hij deed er eindeloos over en al die tijd maakte ik me zorgen dat iemand me zou herkennen na de vluchtige beelden van mij die de avond ervoor te zien waren geweest bij de *Don Spence Show*.

Eindelijk op het Greyhoundstation aangekomen, waar een heel ander slag mensen bleek rond te lopen dan op een vliegveld, was ik bang dat iemand me zou herkennen, en mijn vader of de politie zou bellen. Waar ga jij naartoe, mevrouwtje? Waarom ben je niet op school? Ik verstopte me in de toiletten tot de bus vertrok en maakte mijn paardenstaart los. Met wat moeite slaagde ik erin mijn haar onder een oud honkbalpetje van Todd te proppen. Als je niet goed keek zou je denken dat ik, met mijn niet bepaald nieuwe broek en mijn bleke sproetengezicht zonder make-up, een ondervoed jongetje was.

Voordat ik van huis wegging had ik Twyla gebeld om te zeggen dat ik vandaag niet op school kwam. Ze had meteen door dat er iets aan de hand was. 'Wat is er dan, Franky?' 'Dat weet ik nog niet precies. Ik bel je morgen wel.' Ik had haar wel meer willen vertellen, maar ik kon de juiste woorden niet vinden.

Ik vroeg Twyla of ze op school wilde zeggen dat ik wat grieperig was en dat zij het huiswerk wel aan me zou doorgeven. Twyla en haar moeder waren sinds 27 augustus vreselijk lief voor me geweest en hadden steeds gebeld om te vragen of ze iets voor me konden doen, maar meestal konden ze niets doen.

Soms wilde ik hen wel toeschreeuwen dat ze me met rust moesten laten, maar ik hield me in.

Ik kocht een retourtje Skagit Harbor, hoewel ik geen idee had wanneer ik terug zou komen. Ik stond niet eens stil bij mijn terugreis.

Even voor halftien begon de bus vol te stromen. Ik stond in de rij en probeerde mijn gezicht zoveel mogelijk verborgen te houden. Stel je voor dat mijn vader erachter komt. Stel je voor dat hij me vindt, dacht ik steeds. Idiote gedachten! Tegen de tijd dat iedereen was ingestapt, de deur dichtging en we door het ochtendverkeer van Seattle tuften, kon ik wel huilen van opluchting.

Ik zat alleen, met mijn gezicht tegen het raam geduwd. Het was half en half waar dat ik grieperig was – er trok een koortsige angst door mijn lichaam. Een speciale verstopplek, had ze gezegd. Hoopvol sloot ik mijn ogen.

'Skagit Harbor.'

Ik stapte als enige uit. Skagit Harbor had geen busstation, alleen een café annex bakkerij waar je buskaartjes kon kopen. Het voelde raar en eenzaam om hier in mijn eentje te zijn, in dit dorp waar ik het zo fijn had gehad; het voelde niet goed. Ik was rusteloos geworden van de lange busreis. Mijn benen snakten ernaar een stukje te rennen, maar ik wilde de aandacht niet op mezelf vestigen. Nu de vakantie voorbij was, liepen er minder mensen op straat. Ik hoopte dat ik niet herkend zou worden.

Ik zag posters hangen van het Skagit Festival dat het weekend daarvoor had plaatsgevonden en vroeg me af of het een succes was geweest zonder Mero Okawa en Krista Connor.

Maar ik was niet voorbereid geweest op het bordje 'GESLOTEN' op de deur van Galerie De Orka. In de etalage stonden kleurrijke schilderijen, keramiek en een glanzende zijdeschildering met wilde bloemen en kattenstaarten, de initialen *k.c.* klein in een hoekje.

Ik sloeg snel een van de zijstraten in en begon omhoog te lopen, de rivier achter me latend. De ochtend was zoals gewoonlijk koel en mistig begonnen, maar nu kwam de zon voorzichtig door vanachter een dunne laag wolken en werd het lichter. Ik rook de geur van de rivier en van vochtige bladeren en voelde me steeds eenzamer worden. Mama wacht op me, maar waar? Ik kon de overtuiging dat ze hier ergens was en ik elk moment haar stem zou kunnen horen maar moeilijk van me afschudden. Waarom was ik ooit zo kwaad op haar geweest? Dat was nu niet meer te bevatten.

Maar ze zat niet op me te wachten, dat wist ik ook wel. Er zat niemand te wachten.

Niemand op de wereld wist waar ik was.

Voor Freaky voelde dat als vrijheid en ook ik probeerde het als iets leuks te zien.

Toen ik de Derde Dwarsstraat overstak viel mijn oog plotseling op een bekend huis: het lichtgroene huis uit mijn droom. Het huis van Garrett.

Garrett Hilliard. Hilliard? Ik had zijn naam indertijd niet goed verstaan.

Ik vroeg me af of hij zich mij nog herinnerde; dat roodharige meisje met de sproeten dat hij had ontmoet, een maand voordat haar moeder verdween. Voordat het schandaal losbrak en Deer Point Road de 'plaats van het delict' werd, waar politie rondliep.

Ik had Garrett nooit meer gebeld om mijn excuses te maken, of om uit te leggen waarom Samantha en ik er niet waren geweest toen hij ons kwam ophalen om te gaan zeilen.

In dat andere leven, toen het nog niet was gebeurd. Toen Garrett kwam om te gaan zeilen. Toen we vrienden waren.

Plotseling liep ik aan de rand van het dorp, op Deer Point Road. Het was net als in mijn fietsdroom: ik hijgde en mijn hart bonsde. Eigenlijk wilde ik hier niet zijn. Ik was bang en ongerust, maar Freaky spoorde me aan: Kom op joh! We gaan nu niet meer terug, hoor! Ik zag de kleine, houten huisjes met hun prachtige kleuren: blauw, okergeel en lila. En daar was mijn moeders bruine blokhut. Ze was er zo trots op geweest, met die oude vlier die eroverheen helde. Ik hield stil en staarde naar het huisje. Het was vreemd om de gele zonnebloemen nog steeds op de luiken en daklijsten te zien staan. Je zou denken dat hier nooit iets gebeurd was, als er rondom de blokhut en de boom geen gele linten waren vastgemaakt met daarop in zwarte letters: POLITIE GEMEENTE SKAGIT – NIET BETREDEN – POLITIE GEMEENTE SKAGIT – NIET BETREDEN.

Het politieonderzoek had weinig opgeleverd, afgezien van de voor de hand liggende conclusie dat het vermiste stel het huis overhaast had verlaten.

Ik had geen zin om onder het gele lint door te glippen en door het raam naar binnen te gluren. Ik hoefde de schemerige binnenkant van de blokhut niet te zien. Zij is er toch niet. Er is niemand. Ik liep door het veld met wilde bloemen naar de achterkant van het perceel. Opnieuw was ik bang dat mensen me zouden zien. Sinds 27 augustus waren de inwoners van Skagit Harbor vast alert op de aanwezigheid van onbekenden die zich vreemd gedroegen.

Ik hoorde in de buurt een hond blaffen en wilde dat het Konijn was. Maar Konijn was weg, dat wist ik best.

Mijnheer Haan was er wel! Daar stond hij te pronken boven op het dak van de oude schuur. Ik glimlachte toen ik hem zag. Hij was verweerder dan ik me herinnerde en hij hing een beetje scheef, maar hij zag er nog steeds indrukwekkend uit. Wat zijn hanen toch ijdele, maar mooie vogels. Ik luisterde en meende een echte haan te horen, ergens vanaf een boerderij aan Deer Point Road. Er was verderop een boerderij waar we wel eens met mijn moeder groenten en fruit hadden gekocht. Ik herinnerde me dat ik de hanen daar 's ochtends vroeg had horen kraaien, als ik nog in bed lag en dat ik had gedacht dat het Mijnheer Haan was.

Net om de hoek van de schuur, tussen het onkruid, lag de grote, zandkleurige kei als een enorme, rottende pompoen. En deels verscholen onder de kei – als je niet wist dat het er was, zou je het niet zien – de holte die volgens mijn moeder een marmottenhol was. Een speciale verstopplek, had ze gezegd. Een hol waarin iemand een geheime boodschap kan achterlaten voor iemand anders. Hier zou niemand ooit zoeken. Ik knielde neer in een bos winde en stak mijn hand in het gat. Met mijn wang tegen de kei graaide ik wanhopig rond naar – ja, naar wat eigenlijk? Mijn vingers vonden iets. Papier? Plastic? Opgewonden trok ik het te voorschijn. Het was een waterdichte plastic tas met daarin een dagboek met een lila omslag en een paars lint eromheen. Toen ik de zak openmaakte, kwam de zoetkruidige geur van mijn moeders gedroogde bloemen me tegemoet.

'In woorden opgesloten'

Als kind in woorden opgesloten
Werd ik,
als in een kast;
Het liefst had men mij stil.
Stil! Eén blik naar binnen
In mijn hoofd en het was duidelijk geweest
Dat een vogel, opgesloten in een open kraal,
Meer opgesloten is
dan ik toen was.

En die kan al
Volledig vrij, van ver omhoog
Lachen om zijn kooi
Gelijk ik deed.

Emily Dickinson, 1862

Dit was het gedicht dat mijn moeder met haar prachtige hand-schrift in paarse inkt had opgeschreven op de eerste bladzij van haar dagboek.

Het dagboek had zachte, roomkleurige bladzijden, waarvan je de structuur kon voelen als je er met je duim overheen ging. Er zaten zo'n tachtig pagina's in, maar mijn moeder had maar ongeveer een kwart daarvan gebruikt. De rest was leeg.

Ik las het gedicht van Emily Dickinson nog een keer. Ik had het gedicht nog nooit eerder gezien. In woorden opgesloten – ik had het gevoel dat ik begreep wat de dichteres bedoelde, zonder het precies te kunnen uitleggen.

Ik trilde van opwinding en was bang voor wat ik in dit dagboek zou vinden. Maar ik was ook blij. Ik wist het zeker: mijn droom had me de weg gewezen; Freaky had me de weg gewezen. Ik voelde dat mijn moeder vlakbij was. Wat er ook zou gebeuren nu, het was voorbestemd.

Tussen de tweede en derde pagina zat een papiertje gestoken met mijn moeders handschrift erop. Gehaast, dit keer.

Lieve Francesca,
Als je dit leest, betekent dat misschien dat mij iets is overkomen.
Ik hoop van niet. Ik hoop dat ik het mis heb. Houd moed, lieverd.
Ik hou ontzettend, ontzettend veel van jou en Samantha.

Je moeder

Santa Barbara, 19 april, stond er boven de eerste zinnen.

Wat zijn de golven prachtig! De golven van de Stille Oceaan die breken op het strand en de wind en het gekrijs van de zeemeeuwen. De zon gaat bijna onder en ik ben hierheen gevlucht. Gevlucht om me te verstoppen. Het besluit is voor mij genomen, ik heb geen keus meer.
Ik weet al maanden, al jaren dat dit huwelijk voorbij is, maar ik durfde het niet toe te geven. Vandaag wel.

'Ik vermoord je nog liever dan dat ik jou en de meisjes laat gaan,' zei hij weloverwogen. Het was geen dreigement maar een belofte en hij was niet boos, maar rustig. Het is nieuw, die kalmte van hem. Toen hij mijn motelkamer binnen drong dacht ik dat hij me zou slaan, of mijn keel dicht-knijpen, maar hij schudde me alleen heen en weer aan mijn schouders om me te laten luisteren. Toen hij me op de kunstnijverheidsbeurs met andere mensen zag – vreemden voor hem, maar vrienden voor mij – begreep hij voor het eerst wat er aan de hand was. Toen zag hij voor het eerst dat ik een eigen leven heb en dat mijn geluk daar ligt.

'Als je niet langer mijn vrouw wilt zijn, laat je me geen keus. En als je probeert de meisjes mee te nemen, vermoord ik hen ook.' Ik had die afschuwelijke kalmte nog niet eer-der gezien bij R.

'Misschien kunnen we maar beter allemaal dood, Krista. Todd niet, maar wij vieren wel. Soms, nu bijvoorbeeld, denk ik inderdaad dat dat het beste zou zijn.' Zijn stem trilde toen hij het zei.

Boven het volgende stuk stond: *Yarrow Heights, mei.*

Het probleem is dat ik zelfs nu nog van R. houd. Maar leven met hem kan ik niet. Ik voel zijn sterke vingers zelfs in mijn slaap.

Niemand zou begrijpen dat R. niet gek is; hij is volledig bij zijn verstand. Vicky begrijpt het niet. Zegt dat ik naar een advocaat/psycholoog/relatietherapeut moet. Ik kan haar niet duidelijk maken dat ik hier zelf uit moet komen. Een buitenstaander raadplegen zou 'verraad' betekenen. R.'s woede opwekken.

R. zegt dat Seattle net een dorp is. Geruchten over het huwelijk van de Piersons doen snel de ronde en zo'n openlijke mislukking zou hij niet kunnen verdragen. 'De vrouw van Reid Pierson? Zijn tweede vrouw? Gaat die weg uit Seattle?'

Bonny Lynn Byers is een mysterie. De eerste vrouw van mijn echtgenoot, die ik nooit heb gekend. Zo jong nog toen ze stierf: zesentwintig.
Hij heeft het bijna nooit over haar. Zegt alleen dat ze 'onvoorzichtig' was – haar dood was 'een ongeluk, veroorzaakt door onvoorzichtigheid'.

Gisteravond zat ik met Francesca en Samantha naar Reid Pierson, de sportverslaggever, te kijken op de tv. De meisjes zijn dol op hem. Ze barsten van trots op hun beroemde vader. Ik moet zorgen dat ze dat beeld vasthouden. Ik moet een manier vinden om mezelf en hen te redden. Soms gaat het in mijn hoofd tekeer als een vlinder in een gazen kooitje. Ik kan de hemel wel zien, maar ik kan er niet bij. Mijn vleugels slaan tegen het ijzerdraad in mijn wanhopige pogingen eruit te komen.

Het publiek zit te wachten op een misstap van Reid Pierson, zegt hij. Ze vonden hem fantastisch als rugbyster en ze vonden het net zo fantastisch toen hij geblesseerd raakte en voortijdig moest stoppen. De tv-persoonlijkheid R. vreest het publiek en hij houdt ervan. Met zijn tv-glimlach, zijn make-up en zijn haarstuk. Reid Pierson gaat niet onderuit, waarschuwt hij me.

Ik moet zorgen dat ik de kinderen niet ongerust maak. Dan zullen ze alleen maar bang voor me worden en me ontlopen en verachten. R. heeft Todd in de afgelopen weken tegen me opgezet. Sinds Santa Barbara, toen ik niet bij de 'viering met het gezin' was. Ooit hield Todd van me – en wat was het een eenzaam, verdrietig jongetje, toen hij zijn moeder had verloren. Als ik hem nu aanraak, schudt hij me van zich af. Als ik met hem wil praten, loopt hij weg. 'Je bent mijn moeder niet, je bent mijn stiefmoeder, begrepen?' zei hij gisteravond.

Sinds een paar weken beginnen de meisjes de spanning in huis te voelen. Ik merk dat Francesca naar me kijkt, met haar prachtige groene ogen. Wat lijkt ze op mij, toen ik zo oud was. Ik maak me zorgen om haar gevoeligheid. Ze kijkt me ongerust en met afkeer aan, 'Franky'. Het lijkt wel of ze weet wat er verborgen gaat onder mijn sjaals en mijn lange mouwen. Misschien heeft ze R. horen schreeuwen. Ik weet dat ze mij de schuld geeft. In haar plaats zou ik dat waarschijnlijk ook doen. Ze houdt onvoorwaardelijk van haar vader, net als Samantha en Todd.

(Soms voel ik me net als die arme Konijn: ik krimp in elkaar als R. de kamer binnen stormt.)
Vandaag geprobeerd met Francesca te praten toen ik haar ophaalde van school. Gevraagd naar de zwem- en duiktraining, maar ze viel zo tegen me uit dat ik met stomheid

*geslagen was. Ze zegt dat ze Francesca een stomme naam
vindt.*

*R. zegt dat het 'misschien' mag, Skagit Harbor. Op de
avond voordat hij voor vijf dagen naar de oostkust vloog, was
hij weer begripvol en romantisch. Ik houd dus hoop.*

Boven het laatste en langste stuk stond *Skagit Harbor, zomer.*
Het handschrift van mijn moeder werd hier sterk wisselend;
soms prachtig en duidelijk, maar soms ook bijna onleesbaar,
alsof ze heel snel had zitten schrijven, of in het donker. Ik kon
het niet opbrengen om elke pagina, elke alinea te lezen. Ik kón
het gewoon niet.

*Deer Point Road, Skagit Harbor. Werken, werken, werken!
Ik maak schoon, schrob, schuur, en verf. Het is heerlijk!*

*R. belt en verwacht dat ik ook bel. Vind ik prima. Telefo-
nisch gaat het vaak goed tussen ons. Het geeft R. waarschijnlijk een goed gevoel dat hij me toestaat 'dagen achter
elkaar' (zijn woorden) in Skagit Harbor door te brengen.*

*Maar ik mis Francesca en Samantha zo verschrikkelijk. Ik
mag ze van hem niet meenemen hiernaartoe. Nog niet. Het
lijkt wel of Francesca er nooit is als ik naar huis bel en
haar mobiel staat altijd uit. Vicky zegt dat ze haar ook
niet kan bereiken.*

*Het is niet meer hetzelfde, in Yarrow Heights. Het lijkt wel
of de kinderen me niet meer vertrouwen, zelfs Samantha
niet. Ik weet wel dat ze bang zijn dat hun vader bij ons*

weggaat. De ouders van veel van hun klasgenoten zijn gescheiden. Ik heb R. beloofd dat ik niet zal aansturen op een scheiding of andere juridische stappen. Als hij me wat vrijheid geeft, kan ik – hoop ik – zijn vrouw blijven.

Het is zo heerlijk om hier 's ochtends wakker te worden. Op deze plek waar ik kan ademhalen. Ik ben ZO GELUKKIG hier.
Is dat egoïstisch? Volgens R. wel. Is het egoïstisch om te willen ademhalen en niet te willen stikken? Ja!

Ik kom zo veel interessante, warme en hartelijke mensen tegen hier in Skagit Harbor. En er is een galerie die mijn werk wil exposeren: De Orka.

Ik maak nu zijdeschilderingen. Werk langzaam maar gestaag door. R. belt minder vaak. Ik weet dat hij 'iets heeft' met iemand in Seattle. Ik vind het prima. Ik wil alleen niet dat hij weet dat ik het weet. Maar ik wens hem/hen het beste.

Goed nieuws: de meisjes komen bij mij logeren als R. opnames heeft. Ik ben er zo blij om, dat ik haast weer van hem ga houden. Hij lachte erom en zei dat er niet veel nodig was om mij gelukkig te maken en dat ik in dat opzicht ver-schilde van veel andere vrouwen.

Hij kuste me en legde zijn sterke vingers om mijn gezicht. 'Je houdt van mij, Krista. Ik ben de eerste man van wie je ooit hebt gehouden, dat heb je zelf gezegd, en ik zal ook de laatste zijn.'

De meisjes zijn er! Ik heb bijna geen tijd om in mijn dagboek te schrijven.

Het is een paradijs om zo te werken in de ochtend. De meisjes helpen me met de zijdeschilderingen. Francesca lijkt eindelijk te ontspannen in mijn buurt. Ik was bang dat R. haar zou slaan of door elkaar schudden, zoals hij soms deed toen ze kleiner was, vanwege haar 'opstandige' karakter. Nu ze vijftien is, is ze veel volwassener. Ben erg opgelucht dat ze niet meer boos op me is. Ik heb haar zelfs een paar keer Franky genoemd, maar ze merkte het niet eens! Samantha is vrolijk en Konijn is natuurlijk in de zevende hemel, met al zijn favoriete baasjes om zich heen die hem de hele tijd eten geven en aanhalen en aandacht geven. Geen angst voor plotselinge, harde stemmen of schoppen.

De blik van de meisjes toen ze het werk van hun moeder in De Orka zagen hangen! Ik probeerde het natuurlijk niet te laten merken, maar ik moest bijna huilen. Misschien kunnen ze toch ook op hun moeder nog een klein beetje trots zijn? Ze lijken het niet erg te vinden dat ik mijn werk met KC signeer.

De dagen en avonden zijn heerlijk en druk. Mero heeft overal, in de galerie en op andere plekken, foto's van ons genomen. We staan er blij en ja, ook mooi op. Francesca met haar fijne, hoekige gezichtje en haar verontrustende groene ogen. Samantha met haar zachte blik en hartvormige gezichtje. Natuurlijk hou ik van R., realiseer ik me nu. R. is de vader van deze meisjes.

Mero is mijn beste vriend hier in Skagit Harbor. In de hele wereld. Hij heeft me verteld hoe kapot hij was van het gedrag van een minnaar, een paar jaar geleden. Hij is een jaar lang depressief geweest en overwoog zelfmoord, maar heeft het uiteindelijk nooit gedaan. Na een 'winterslaap' heeft hij zijn leven weer opgepikt en nu leeft hij voor zijn werk, vrienden en familie. 'Gewoon om het leven zelf. Meer dan dit is er niet.'

Diepe band tussen Mero en mij. Homoman en heterovrouw. Vreemd en prachtig deze intense emotionele verbondenheid. In zeker opzicht sta ik dichter bij Mero dan bij mijn eigen zus Vicky (die maar niet kan begrijpen dat ik niet bij R. wegga). Vicky begrijpt niet hoe het zit, Mero wel, instinctief. Ik heb het met hem niet over mijn huwelijk gehad, maar ik weet dat Mero me onmiddellijk zou begrijpen als ik dat wel zou doen. Waarom ik verliefd werd op R. op mijn tweeëntwintigste, waarom ik op mijn veertigste nog steeds van hem hou, maar ook bang voor hem ben en niet met hem kan samenleven.

R. zou kwaad worden als hij wist van mijn vriendschap met Mero. Hij heeft een hekel aan homo's – 'flikkers'. Vooral van homoseksuele sporters wordt hij niet goed. Wat zou hij ervan denken als hij wist dat de meisjes Mero hebben ontmoet...?

Mijn moeders handschrift op de laatste drie pagina's van het dagboek was gehaast en paniekerig. Ik kon het haast niet opbrengen om verder te lezen.

Zondag 27 juli. Alles is veranderd.

R. kwam en heeft Francesca en Samantha mee terug naar huis genomen. Ik ben nu alleen. Ziek, verdoofd. Toen ik naar Yarrow Heights belde, nam de huishoudster op. 'Met wie spreek ik? Met wie spreek ik?' Ze is nieuw; R. heeft haar aangenomen. Ze weet niet wie ik ben en vindt het vervelend als ik bel, als ze tegen mijnheer Pierson moet zeggen dat ik heb gebeld...

Het ging zo snel; hij dook plotseling op uit het niets. Zelfs zijn auto was nieuw. Ik was buiten met de meisjes en hij stormde schreeuwend op ons af en rukte de snoeischaar uit mijn handen.

We gingen naar binnen om te praten terwijl de meisjes in paniek op de oprit bleven wachten. Ik wilde ze zo graag afschermen voor hun vader, voor deze kant van hun vader... Ik smeekte hem en probeerde op hem in te praten, maar hij bleef maar zeggen dat hij 'nieuw bewijsmateriaal' tegen me had. Hij beweert dat ik hem heb bedrogen en dat ik de afspraak die we hadden over de meisjes heb geschonden. Ik begrijp er niets van.

Uit wat hij heeft gezegd maak ik op dat hij een privé-detective heeft ingehuurd om me te bespioneren. En deze privé-detective heeft een 'minnaar' verzonnen om zijn klant nog bozer te maken en nog meer geneigd om me voor de rechter te slepen. Ik denk dat het zo gegaan is. Hij had het erover dat ik 'te ver was gegaan' dat hij zich 'voor me schaamde'. Toen ik protesteerde, greep hij mijn arm en begon me door elkaar te schudden alsof hij mijn nek wilde breken. Hij klemde zijn vingers om mijn keel tot ik geen lucht meer kreeg en mijn knieën knikten. Toen liet hij me los. Hij lachte en zei dat hij niet zo stom zou zijn. Dat hij me niet zou wurgen omdat de afdrukken van zijn vingers hem dan zouden verraden. Er waren wel andere manieren, zei hij. Hij zou een andere keer wel terugkomen. 'Ik dump je lichaam van de brug over de Deception-pas. Dan val je zo diep dat niemand je ooit nog vindt.'

Daarna ging hij weg, met de meisjes. De gedachte aan Francesca en Samantha in de auto met die man maakt me doodsbang. Het is zo gemakkelijk om van de snelweg af te schieten. Een dodelijk 'ongeluk' te krijgen. Ik weet nu dat het een hopeloze situatie is.

Konijn en ik schuilen samen in de blokhut met de deur op slot en de luiken dicht. Hoewel ik weet dat R. nu weg is moet ik toch denken aan de Deception-pas, op Whidbey, zo'n vijfenzeventig kilometer ten westen van Skagit Harbor. De zomer dat we naar vrienden van R. gingen die daar aan de Skagitbaai een zomerhuis hebben. 'Dump je lichaam. Zo diep dat niemand je ooit nog vindt.'

Heb naar huis gebeld. Antwoordapparaat. Morgenochtend misschien.

'Nu weet je het...'

Nu weet je wat je te doen staat.

Nu moet je je datgene herinneren waarvan je wilde dat het een droom was.

Het was de stem van Freaky.

Het was mijn eigen stem.

Ik belde tante Vicky met mijn mobiel vanuit Skagit Harbor terwijl ik stond te wachten op de bus van tien over halfdrie naar Seattle. Ik had niet de rust om op het bankje te gaan zitten voor het Skagit Harbor Café, waar de bus stopte. Ik had het dagboek van mijn moeder gelezen en nog eens gelezen, net als het briefje: als je dit leest, betekent dat misschien dat mij iets is overkomen.

Toen tante Vicky opnam, was het eerste wat ze vroeg waar ik was. 'Skagit Harbor! Maar waarom dan, schat?'

Ik zei dat ik daarnaartoe was gegaan om iets op te halen dat mijn moeder voor me had achtergelaten.

'Maar wat dan, Franky? Wat ben je dan gaan halen?'

'Een dagboek,' zei ik. Ik probeerde rustig te praten. De opwinding en ongerustheid van mijn tante waren op dit moment niet wat ik wilde horen van een volwassene.

Ik denk dat ik had begrepen dat mijn moeder dood was vanaf het moment dat ik haar dagboek had gelezen. Ik wist het, maar kon het nog niet onder woorden brengen. Zolang ik in het dagboek las en haar handschrift zag, was het alsof ze met me praatte en ze nog leefde.

Tante Vicky wilde meer over het dagboek weten, vroeg wat erin stond. Ik zei dat ze het wel mocht lezen, dat ik het haar zou geven zodra ik haar weer zag.

De politie zou het ook wel willen lezen, voegde ik eraan toe.

'De politie? Ach, schatje toch.'

Even zei tante Vicky niets meer. We wisten allebei wat dit betekende.

Ik wist hoe graag mijn tante wilde dat mijn moeder nog leefde en weer terug zou komen. Hoe radeloos ze was geweest en hoe wanhopig ze erin wilde geloven. Dat wilden we allemaal, toen.

Zelfs mijn vader had oprecht geleken in zijn wil het te geloven.

Tante Vicky vroeg me waar ik precies was en ik zei dat ik voor het Skagit Harbor Café zat te wachten op de bus van 14 uur 40 naar Seattle, naar het Greyhound-busstation, waar ik tegen vieren zou arriveren. Ze zou me daar oppikken, zei mijn tante.

'Franky, je moet wel weten dat je vader naar je op zoek is. Maar hij heeft geen idee waar je bent,' voegde ze er aarzelend aan toe.

Ik verstijfde. Plotseling werd ik vreselijk bang.

'Iemand van school heeft naar je huis gebeld en vervolgens heeft de huishoudster je vader gewaarschuwd,' legde tante Vicky uit. 'Hij is er erg van geschrokken dat je niet op school was. Hij dacht blijkbaar dat je bij mij was of dat ik wel zou weten waar je was. Ik heb hem verzekerd dat ik geen idee had, en gezegd dat hij zich niet zo'n zorgen moest maken; dat je waarschijnlijk aan het spijbelen was en met je vriendinnen in het winkelcentrum rondliep of in de bioscoop zat. Dat je op de gewone tijd wel weer thuis zou zijn. Toen begon hij tegen me te schreeuwen. Ik heb nog even overwogen om de politie te bellen – hij bedreigde me half en half. Voordat hij ophing moest ik beloven dat ik hem zou bellen als ik iets hoorde.'

'Nee, tante Vicky. Niet doen!'

'Natuurlijk niet. Ik zeg niets.'

Ik zag alles door een waas, want mijn ogen stonden vol tranen. Bij elke auto die voorbijkwam op Main Street, waar je niet harder mocht rijden dan veertig kilometer per uur, keek ik op, omdat ik dacht dat het misschien mijn vader was. Als de auto grijs of zilverkleurig was, kneep mijn maag samen.

Als hij me vindt. Als hij het dagboek vindt. Als hij het dagboek leest. Als hij denkt dat ik aan iemand vertel wat erin staat. Als hij denkt dat ik het aan de politie laat lezen...

'Franky? Ben je daar nog?'

'Ja. Maar ik ben zo bang.'

'Kun je niet binnen wachten? Hij weet trouwens echt niet dat je in Skagit Harbor bent, schat. Dat zou niet eens in hem opkomen.'

Waarom niet? Ik zou het wel weten als ik hem was.

Dat was Freaky. Maar ik zei niets tegen mijn tante; ze was al gestrest genoeg.

'De bus komt over tien minuten, Franky,' zei ze, in een poging rustig te klinken. 'Er zijn daar meer mensen, toch? Als ik ook maar een moment dacht dat je in gevaar was, kwam ik meteen naar je toe. Maar dat zou nog veel langer duren. Ga nou maar binnen wachten, schat.'

Ik moest me dus verstoppen voor mijn eigen vader. Hoe had het zover kunnen komen?

Toch ging ik naar binnen. Ik kwam pas weer naar buiten

toen de bus naar Seattle sissend en piepend stilhield langs de stoeprand.

Toen de bus het busstation van Seattle op reed, stond tante Vicky al te wachten. Haar gezicht was bleek en angstig. Zodra ik uitstapte rende ze naar me toe en ving me op in haar armen. 'O Franky! Wat is er met je haar?' Ze dacht dat ik het had afgeknipt.

We moesten er allebei zenuwachtig om giechelen en tegelijkertijd sprongen de tranen ons in de ogen, alsof we elkaar in geen jaren hadden gezien.

Het dagboek zat veilig in mijn rugzak. Ik had het in de bus nogmaals gelezen en ik had het gedicht van Emily Dickinson uit mijn hoofd geleerd. Mijn handen roken naar het zoetkruidige bloemenmengsel. Freaky wilde ook in dit mooie, lavendelblauwe dagboek schrijven. Ik zou de pagina's waar mijn moeder niet aan toe gekomen was volschrijven.

'In woorden opgesloten'. Maar woorden kunnen ook vrijheid betekenen.

Snel liepen tante Vicky en ik door het drukke station. Nu was ik veilig, dacht ik. Toch? Er liep hier overal politie in uniform rond. Toch keek ik onwillekeurig rond of hij niet ergens was, verscholen tussen de vreemden, zijn blik op mij gericht.

Sinds de verdwijning van mijn moeder had tante Vicky een flatje gehuurd in Seattle, maar het leek haar geen goed idee om daar nu heen te gaan. Mijn vader had weer gebeld, vertelde ze. En zelfs Todd. 'Ze dachten blijkbaar dat je vanochtend naar mij was gegaan in plaats van naar school. Ze zijn allebei heel wantrouwig en onredelijk.'

'Je probeert mijn zus zeker zover te krijgen dat ze tegen mijn vader gaat getuigen, hè?' had Todd gezegd. 'Nou, pas jij maar op, tante Vicky.'

'Na het eerste telefoontje van je vader ben ik meteen weggegaan. Ik heb een tas gepakt en een kamer voor ons gereser-
veerd in een hotel vlak bij het politiebureau.'

Ik was met stomheid geslagen. Tante Vicky zei het alsof het
de normaalste zaak van de wereld was. Franky ging blijkbaar
niet terug naar Yarrow Heights. Franky had de oversteek ook
gemaakt.

12 september: het verhoor

Wanneer en waar had ik mijn moeder Krista Connor voor het laatst gezien?

Op 27 juli, in Skagit Harbor. In haar blokhut aan Deer Point Road. Vroeg in de middag.

Ja, mijn zus Samantha en ik logeerden een paar dagen bij mijn moeder, want mijn vader was op reis.

Inderdaad, hij kwam eerder terug dan gepland. Hij kwam naar Skagit Harbor om Samantha en mij mee naar huis te nemen.

Nee, hij had van tevoren niet gebeld. Hij had niets tegen mijn moeder gezegd. Hij kwam gewoon aanrijden. Boos.

Ja, heel boos.

Nee, niet anders dan andere keren, geloof ik...

Nee, Samantha en mij heeft hij niet aangeraakt. Hij was niet boos op ons.

Ja, ze gingen samen het huis in en daar bleven ze vrij lang. Twintig minuten of zo.

Wij wachtten.

Ja, we waren bang.

Dat mijn vader mijn moeder pijn zou doen, daar waren we bang voor.

Ja, zeker. Ik kon zijn stem buiten horen. De hare ook, geloof ik. Ik meen dat ze huilde.

Toen ze naar buiten kwamen, droeg mijn vader de tassen van Samantha en mij. We gingen namelijk weg, toen.

Ja, direct terug naar Yarrow Heights. Naar huis.

Niet toen, maar later zei hij: 'Jullie moeder houdt van een andere man. Dat kunnen we haar nooit vergeven.'

Ja, ik heb Mero Okawa ontmoet. Hij is een vriend van mijn moeder, uit Skagit Harbor.

Ik vond hem heel aardig. Ik hoop... dat het goed met hem gaat.

Maar ik denk eigenlijk van niet.

Nee, mijn moeder en Mero Okawa hadden zeker geen verhouding. Dat zegt mijn vader. Ze waren vrienden. Ze zijn vrienden, bedoel ik.

Als ze nog leven, zijn ze vrienden.

Ja, dat denk ik wel. Homo. Maar ik deel mensen niet in hokjes in.

Omdat ik ook niet wil dat mensen mij in een hokje zetten. Dat is gemakzuchtig en onaardig.

Ja. Soms hoorde ik ze wel eens.

Nooit waar wij bij waren. Meestal in hun slaapkamer met de deur op slot.

Mijn vader wordt heel snel boos. Ik dacht altijd dat het mijn moeders schuld was, maar dat zag ik verkeerd. Ik kan mijn moeder niet de schuld geven van het feit dat ze mishandeld werd.

Ze droeg sjaals en lange mouwen om de blauwe plekken te verbergen. Maar ik wist toch wel dat die er zaten.

Omdat ik zo bang was, denk ik. Het was gemakkelijker om haar te haten.

Nee, mijn moeder had het er nooit over.

Ze zei nooit iets kritisch over hem. Ze wist dat Samantha en ik van hem hielden.

Van hem houden, bedoel ik. Ik hou nog steeds van hem.

Omdat hij mijn vader is. En hij is Reid Pierson. Daarom.

Waarom? Ik denk dat mijn moeder bang was. Bang dat hij haar nog meer pijn zou doen en Samantha en mij ook. Dat zegt ze in het dagboek en volgens mij klopt dat wel.

Als u het dagboek hebt gelezen weet u dat.

Ik denk dat het inderdaad zo gegaan is.

Nee, het gaat wel. Ik huil niet. Ik wil doorgaan.

Ja. Soms wel. Het was een 'terechtwijzing'. Ik weet het niet zo precies meer. Het is een beetje vaag, net als een nachtmerrie, of als iets wat je langgeleden op tv hebt gezien en daarna verwart met de werkelijkheid.

Klappen, toen ik klein was. Omdat ik niet gehoorzaam was, denk ik.

Een klap, of een stomp. Of door elkaar schudden. Dan pakte mijn vader mijn schouders en schudde me door elkaar. Heel hard, alsof hij mijn nek wilde breken.

Nee hoor! Ik dacht dat het mijn eigen schuld was. Dat ik het verdiende.

Dat geloof ik eigenlijk nog steeds.

Het is moeilijk om dat anders te gaan zien. Het is gemakkelijker om te blijven denken zoals je altijd hebt gedacht.

Waarom? Omdat mijn vader van ons hield. Van ons houdt.

Hij zou ons niet straffen als hij niet van ons hield, zei hij.

Dat vindt hij nog steeds en ik begrijp hem wel. Maar het is niet goed om zo te denken. Het klopt niet.

Ja, zo kun je het wel noemen, denk ik. Als ik het onder ede zou moeten verklaren...

Ja, mijn vader 'mishandelde' mij en mijn zus Samantha.

Zij wil er waarschijnlijk niets over zeggen. Ze is bang. En nu mijn moeder weg is, moet ze wel van mijn vader houden. Zo voel ik dat ook. Maar ik moet daaroverheen komen. Ik kan hem niet langer beschermen.

Toen ik het dagboek van mijn moeder las. Toen wist ik het. Nou ja, ik wist het denk ik altijd al wel. Maar ik wilde het niet onder ogen zien.

Hij zei dat we tussen hen moesten kiezen. Dus nu kies ik voor mijn moeder.

Ik weet wel dat ik haar niet meer kan redden. Dat accepteer ik. Ze komt niet meer terug.

Samantha weet het nog niet. Tante Vicky en ik zullen het haar binnenkort moeten vertellen.

Ik weet ook dat het misschien niet zo is. Misschien zijn mijn moeder en Mero Okawa nog in leven, ergens. Dat zeggen de bladen ook. Maar dat is net zoiets als geloven in het hierna-maals; de pijn wordt er wat minder door.

De laatste keer dat ik mijn moeder sprak? Dat was op 25 augustus.

Ze belde vanuit Skagit Harbor en ze klonk angstig. Ze zei dat ze van Samantha en mij hield. Ik zei dat ze dan maar naar huis moest komen, maar zij zei dat dat niet kon en dat ze het niet kon uitleggen. Toen ben ik heel boos geworden. Ik was razend op haar. Mijn vader zei dat ze ons emotioneel chanteerde en op dat moment geloofde ik dat ook. Mijn vader zei dat ze een minnaar had en dat ze ons voorloog en ook dat geloofde ik.

Ik zei dat ik mijn naam – Francesca – haatte.

En dat ik haar ook haatte.

Ja. Dat was de laatste keer dat ik mijn moeder sprak. Krista Connor.

Nee. Ik heb mijn vader in de nacht van 26 augustus niet het huis uit horen gaan.

Maar ik heb hem wel terug horen komen. Om 4.38 uur.

Ik kon niet slapen. Ik lag waarschijnlijk te denken aan wat ik tegen mijn moeder had gezegd en wat zij tegen mij had gezegd.

Dat ze Samantha en mij zo miste. Ze huilde en nu weet ik dat ze bang was dat haar iets zou overkomen. Ze was vreselijk bang, maar ik heb niet naar haar geluisterd. Ik heb opgehangen.

Daar lag ik aan te denken. Ik kon er niet van slapen.

Tegen twaalf uur was Samantha mijn kamer in gekomen. Ze lag opgerold op mijn bed met haar gezicht naar de muur en de deken over haar hoofd getrokken. Samantha kan heel diep slapen, als een baby.

Tegenwoordig sta ik 's nachts vaak op. Ik slaap nooit meer een hele nacht aan één stuk. Het klinkt misschien gek, maar soms lijkt het wel of ik het slapen verleerd ben. Alsof iets in mijn hersenen niet meer functioneert; kun je verleren hoe je moet slapen? Dan lig ik daar maar, terwijl mijn gedachten in het rond vliegen, als heldergekleurde glasscherven; daar is helemaal niets dromerigs of vaags aan. Maar goed, ik kan me dus niet aan de slaap overgeven. Uit angst.

Ik lag trouwens niet in bed, toen. Ik zat in het donker een beetje te computeren. Ik had geprobeerd om te lezen, maar ik kon me niet concentreren. Op internet hoef je je niet te concentreren. Je hebt er haast geen hersens voor nodig; je hersens zíjn het internet. Zodra je ongedurig of verveeld of bang wordt is het klik! En weg ben je.

Toen hoorde ik buiten een geluid. Er stond geen wind en er kwamen nauwelijks geluiden vanaf het meer. Ik luisterde en hoorde iets dat leek op de motor van een auto, maar vanuit mijn kamer kon ik niets zien, omdat die niet uitkijkt op de oprit. Daarom ging ik naar de hal en keek naar buiten door de glazen schuifdeuren. Toen zag ik de auto van mijn vader, met gedoofde lichten. Ik weet nog dat ik dacht: hé, dat is raar, hij heeft zijn lichten niet aan. Dat zie je eigenlijk nooit, een auto zonder lichten in het donker. En deze auto reed heel langzaam, met de motor uit, de garage in. Onze oprit loopt naar beneden in de richting van het meer, dus je kunt zonder motor rijden. Normaal doet mijn vader dat nooit, maar nu dus wel. En hij deed de garagedeur naderhand niet dicht.

Die deur maakt enorm veel herrie, als onweer in de verte. En als hij over het beton schuurt, kun je dat tot in het huis horen.

En er was nog iets: in plaats van door de keuken naar binnen te gaan, zoals mijn ouders normaal doen, liep mijn vader vanaf de garage over het gras naar de achterdeur, die niemand ooit gebruikt.

We hebben zo'n raar 'postmodern' huis. Het heeft twee verdiepingen, maar omdat het op een hellend stuk grond staat, loopt een deel van de bovenverdieping gelijk aan de grond. Bijna elke kamer heeft een deur naar buiten, maar we gebruiken maar twee of drie deuren – anders zou je van elke deur altijd een sleutel bij je moeten hebben. Ik vond het dus wel vreemd dat mijn vader door die deur naar binnen ging, via het stookhok, want daarvoor had hij dus eerst een sleutel moeten halen. Die had hij normaal niet aan zijn bos zitten.

Mijn vader ging dus via de deur aan de achterkant het huis binnen. Dan moet je de gang door langs de fitnessruimte en het inpandige zwembad, vervolgens een trapje op, de huiskamer door, naar beneden, een andere gang door en dan kom je in de gang waar onze slaapkamers aan liggen. De slaapkamer van mijn vader en moeder ligt op de hoek van de hal; het is een grote kamer met een terras dat uitkijkt over het meer.

Ik zag hem. Ik kon zijn voetstappen voelen. Ik had zelfs bijna 'Hoi pap!' geroepen, want als mijn vader ziet dat ik zo laat nog op ben, doet hij wel streng, maar hij is dan onder de indruk.

'Extreme' dingen maken indruk op hem. Fysieke inspanning, uithoudingsvermogen. Hij vindt dat lef. Hij haat zwakte en verliezen.

Toen ik terug naar bed ging was het 4.50 uur. Ik was zo klaarwakker dat ik de wekker wel móest zien.

Goed. Het gaat alweer.

Nee, het gaat echt wel. Ik wil dit nu graag zo snel mogelijk doen.

Nee, ik heb niet zelf gezien dat mijn vader de codeïne innam.

Hij zei dat de dokter het had voorgeschreven en dat hij dus minstens twaalf uur zou slapen. Hij had een voorhoofdsholteontsteking, zei hij.

Ja, zijn ogen waren rooddoorlopen, geloof ik. En zijn hoofd zat vol, leek het – hij liep te sniffen en snoot de hele tijd zijn neus. Hij had ook moeite met lopen en kon zijn evenwicht niet goed bewaren. Samantha en ik deden alsof we verpleegsters waren en ondersteunden hem...

Nee. Eerder nooit. Niet dat ik me kan herinneren.

Ja. Mijnheer Sheehan coachte ons. Wat we moesten zeggen als er vragen werden gesteld over de pillen van mijn vader en hoe sterk die waren en dat hij de hele nacht van 26 augustus geslapen had.

Ja. Todd, Samantha, onze huishoudster en ik. We zouden allemaal gezworen hebben dat mijn vader zo onder de medicijnen zat dat hij het huis niet uit had gekund.

En mijn vader ook. Die zou dat ook zweren.

Dat heeft hij toch ook tegen de politie gezegd? Kunnen we nu even stoppen? Ik voel me... ik voel me niet zo goed.

Inderdaad, wat ik op 1 september heb gezegd, klopte niet.

Ik weet niet of ik heb gelogen. Ik weet niet of ik bewust mijn vader probeerde te beschermen. In ons gezin heerste de overtuiging dat iedereen tegen ons was. Dat mijn moeder het expres had gedaan en dat ze zich ergens verborgen hield. Mijnheer Sheehan legde ons uit wat we moesten zeggen als we werden ondervraagd. Samantha en ik moesten onze verklaring aan hem laten horen. Ik was heel erg moe en ik wilde dat het allemaal voorbij was. Ik zou verklaren dat mijn vader tegen negen uur naar bed was gegaan en de hele nacht door had geslapen, tot negen uur de volgende ochtend. Todd zou dat ook verklaren. En hij zou verklaren dat hij had gezien hoe mijn vader de codeïnetabletten had ingenomen. Ik weet dat hij dat tegenover u heeft verklaard. Ik wil daarmee niet zeggen dat mijn broer onder ede heeft gelogen. Ik weet niet wat er in Todds hoofd omgaat.

Heeft mijn tante u dat verteld? Ik wou... dat ze dat niet had gedaan.

Ik wil er niet over praten. Het spijt me.

Zoals ik al zei: ik weet niet wat er in mijn broers hoofd omgaat.

Ja. Dat heeft hij namelijk gezegd.

Omdat hij mijn vader is en hij dat gezegd heeft.

Ja, ik geloofde hem. Ik heb hem altijd geloofd.

Zelfs als ik wel beter wist... soms.

Nee, mijn vader bedreigde me niet. Hij houdt van me. Ik geloofde hem wel, maar ik wist dat het niet waar was. Ik wilde geloven dat wat ik die nacht had gezien, niet echt was. Het had ook een droom kunnen zijn. Ik wilde geloven dat het een droom was.

Omdat mijn vader mijn handen vasthield en zwoer dat hij mijn moeder niets had aangedaan en dat hij geen idee had wat er met haar gebeurd was. Hij heeft het gezworen: Ik zweer het, lieverd. Ik hou van je. Dat weet je toch wel, Franky?

En toen zei ik dus ja.

Maar nu ken ik de waarheid en ik kan niet voor hem liegen. Ik kan hem niet beschermen.

Ik hou van mijn vader, maar mijn moeder heeft me nodig. Zo zie ik het. Het is het beste om de waarheid te vertellen, wie ik daarmee ook steun of afval, dus daarom vertel ik nu de waarheid.

Dit zweer ik, Francesca Pierson, voor deze rechtbank en voor God.

III DECEMBER,
SANGRE DE CRISTO-GEBERGTE,
NEW MEXICO

De waarheid, de hele waarheid en niets dan de waarheid.

Dat is een ideaal van Freaky Groene Ogen en in het echte leven zou het nooit werken. Maar op de pagina's van dit dagboek – ik noem het het Lila Dagboek – is het mijn ideaal.

De eerste drieëntwintig pagina's van het Lila Dagboek zijn geschreven in het handschrift van Krista Connor. De rest is in het handschrift van Freaky.

Soms doet het pijn om te schrijven. Soms vind ik het vreselijk en lijken de woorden niet te willen komen. Als ik een nare nacht heb en droom over die brug over de Deception Pas... en over de lange, afschuwelijke val in het water eronder.

Maar op andere dagen is het net zo gemakkelijk als praten met een vertrouwd iemand.

Met een paarse pen heb ik alles wat ik me kan herinneren opgeschreven in het Lila Dagboek. Niet alleen mijn verklaring, maar ook al het andere. Wat er met mijn moeder, Krista Connor, is gebeurd en wat dat met ons gezin heeft gedaan. Het gaat me vooral om de feiten. Ik probeer er niet te veel emotie in te leggen, want emoties zijn net vuur. Ze vlammen op en kunnen vreselijke schade aanrichten, maar ze zijn ook zo weer weg. Feiten blijven.

Dit zijn de feiten die ik heb vastgelegd in het Lila Dagboek:

We wonen nu in de Moreno Vallei in het Sangre de Cristo-gebergte, ten oosten van het stadje Taos en de Rio Grande, in het noordoosten van New Mexico. Ik vind het hier heer-lijk! Dit is nog niet definitief ons huis, maar tante Vicky hoopt dat dat het wel zal worden, als het allemaal goed gaat met haar nieuwe baan.

Een kinderrechter in Seattle heeft tante Vicky de voogdij over Samantha en mij toegewezen. Omdat onze vader, Reid Pierson, veroordeeld is tot levenslang onvoorwaardelijk, heeft hij de uitspraak niet aangevochten. Niemand van de familie Pierson heeft de uitspraak aangevochten.

'We moeten deze winter maar weg uit dit kille gebied.' Dat had tante Vicky al voor de gerechtelijke uitspraak tegen ons gezegd. De week erna had ze haar baan in Portland opge-zegd en was ze naar Taos gevlogen om te solliciteren als directeur van de Taos Stichting. 'Een vreselijk leuke baan,' volgens tante Vicky, 'ik ga subsidies regelen voor kunste-naars, musici en archeologen...' Als tante Vicky er al spijt van heeft dat ze weg is uit Portland en haar familie en vrienden heeft moeten achterlaten, dan laat ze dat in elk geval niet merken.

We wonen in een heuvelachtig, dunbevolkt gebied, ongeveer vijfentwintig kilometer ten oosten van Taos, in een Spaans, gepleisterd huis met oranje dakpannen en een binnenplaats met bloedrode bougainvillea. We hebben uitzicht over de bergen en de uitgestrekte hemel lijkt zo weinig op de hemel bij ons thuis, dat ik soms even omhoog moet kijken en me afvraag waar ik eigenlijk ben. In het Lila Dagboek probeer ik wel onder woorden te brengen wat ik voel, maar het klinkt een beetje stom. Het zuidwesten is een prachtige droom die ook bestaat als er geen dromer is.

Nadat tante Vicky het dagboek van mijn moeder had gelezen en het aan de politie had gegeven, ging er een rechercheteam naar de Deception-pas op Whidbey. Na drie dagen zoeken werden de lichamen gevonden. 'Verminkt en in verregaande staat van ontbinding', aldus de media. 'Identificatie is verricht op basis van gebitsanalyse'. Ook volgens de media.

Zowel Krista Connor als Mero Okawa bleken te zijn omgekomen door '38 kaliber kogels die van korte afstand waren afgevuurd'. Aldus de media.

Ringen waarvan familieleden bevestigden dat ze toebehoord hadden aan Krista Connor, werden later ontdekt in een bankkluis in Seattle, gehuurd door Reid Pierson.

Konijn is nooit gevonden; alleen bloedvlekken op mijn moeders lappendeken, waarvan werd aangenomen dat ze van hem waren. Zelfs nadat hij de moord op Krista Connor en Mero Okawa had bekend, hield Reid Pierson nog vol dat hij 'dat leuke, vrolijke beestje' niets had gedaan.

Toen hij was opgepakt en voorgeleid, ontkende Reid Pierson aanvankelijk de aanklacht van ontvoering en moord. Toen de bewijzen tegen hem zich opstapelden, voerde zijn advocaat, mijnheer Sheehan, 'tijdelijke ontoerekeningsvatbaarheid' aan; toen dat onderuit werd gehaald – er was geen psychiater te vinden die dit wilde onderbouwen – trachtte mijnheer Sheehan er ontvoering en doodslag uit te slepen, maar dat werd door de rechter verworpen. Reid Pierson beweerde dat Krista Connor en Mero Okawa hem als eerste hadden aangevallen en hadden gedreigd hem te vermoorden. Daarom was hij gedwongen om hen te vermoorden uit zelfverdediging. Waarom hij hen onder bedreiging van een pistool had gedwongen plaats te nemen in de auto van Okawa, waarom hij Okawa had gedwongen naar Whidbey te rijden, waar hij hen had gedood en van de brug af had gegooid, kon hij niet verklaren. Na weken van getouwtrek in de rechtszaal, besloot de verdediging akkoord te gaan met schuldig aan alle aanklachten in ruil voor levenslang in plaats van de doodstraf.

'Valse rat! Je eigen vader verraden! Jij kunt maar beter uit mijn buurt blijven, gemene teef.'

Todd haat me. Todd wil me nooit meer zien.

Todd is van de universiteit af. We denken dat hij ergens in Seattle woont.

Mijn broer Todd gelooft (en je kunt dat nalezen op de website die hij heeft gemaakt over Reid Pierson) dat mijn vader tijdelijk ontoerekeningsvatbaar was vanwege het gedrag van mijn moeder en dat het dus niet zijn schuld is dat hij haar en haar 'minnaar' heeft gedood; Reid Pierson wordt ten onrechte vastgehouden in een extra beveiligde gevangenis in Okanogan, vlak bij de grens met Canada.

Todd gelooft dat het dagboek van Krista Connor 'bedacht' is en dat alles wat ze erin heeft gezet 'gelogen is om mijn vader zwart te maken', en dat zij en haar zus Vicky hebben 'samengespannen om mij tegen hem op te zetten'. Todd gelooft dat ik onze vader heb verraden; hij heeft me bedreigd. De laatste keer dat we elkaar zagen, vloog hij me zelfs aan in aanwezigheid van mensen van de rechtbank. Hij pakte me bij mijn pols en slaagde erin me door elkaar te schudden en in mijn gezicht te schreeuwen voordat de beveiligingsmensen hem van me af konden trekken.

Nooit zal ik het gezicht van mijn broer vergeten, verwrongen van woede en haat.

Haat me toch niet. Ik hou van je.

Ik wil dat je ook van mij houdt...

Je bent mijn broer, Todd. Van ons gezin zijn alleen Samantha, jij en ik nog over.

Toen Todd me aanviel deed ik heel overtuigend of ik niet bang was. De Freaky in mij was er snel bij om me te beschermen en het lukte me zelfs om Todd te schoppen (tegen zijn scheen), maar naderhand stond ik te trillen en te huilen. Tante Vicky en de andere Connors waren in de buurt om me vast te houden en te troosten. 'Ben ik een vuile rat?' vroeg ik keer op keer. 'Ben ik een rat omdat ik tegen mijn vader getuigd heb?' 'Nee,' zei tante Vicky vol overtuiging. 'Nee. Je hebt de waarheid verteld. Ik vind dat je enorm moedig bent geweest. En het is nu voorbij.'

'En het is nu voorbij', schrijf ik in het Lila Dagboek.

Freaky zegt dat het waar is en ik moet dat ook geloven. Ik moet proberen het te geloven.

Samantha zit in de zesde van de basisschool in Taos. Ik zit in de bovenbouw van de *high school*. Het is best een grote school met bijna duizend leerlingen, maar de mensen zijn hier in New Mexico zo aardig, dat je het niet kunt vergelijken met een start halverwege het jaar op een school als Forrester. 'Hé Franky!' – ik word voortdurend begroet en toegelachen door mensen die ik nauwelijks ken. Ik voel me erg welkom hier, maar het is ook een beetje onwerkelijk. De beste manier om met een onbekende en verwarrende situatie om te gaan is de dingen per uur of per dag op je af te laten komen, zoals tante Vicky me adviseert. Het lijkt te werken. Wel vraag ik me af of de mensen hier weten 'wie ik ben', maar dat ga ik ze niet vragen.

Ik had me voorgenomen om de eerste tijd geen lid te worden van clubs of teams, om me afzijdig te houden en me te concentreren op mijn schoolwerk en het schrijven, maar toen ik het zwembad op school rook en het klotsende water zag en de glanzende tegeltjes op de bodem, was ik snel van gedachten veranderd. Dus nu zit ik in het meisjeszwem- en duikteam van East Taos High. Sterker nog: ik ben de snelste en misschien ook wel de beste duiker. De andere meiden hebben ontzag voor me – ik denk dat we wel bevriend zullen raken. Toen ik moest proefzwemmen voor de coach, hoorde ik een meisje tegen haar buurvrouw zeggen: 'Zo! Die is goed, zeg!'

Natuurlijk mis ik mijn vrienden in Seattle, maar het zijn nog steeds mijn vrienden; Twyla en ik mailen en bellen elkaar voortdurend en als het goed is komt ze deze winter langs. Het eerste wat Twyla tegen me zei na mijn vaders veroordeling, was dat ik de goede beslissing had genomen. Ik wist dat ze dat meende toen ze zei dat ze niet zeker wist of zij het in mijn plaats had gedurfd.

Tante Vicky zegt dat ze vroeger een fanatieke ruiter is geweest en hier in New Mexico is ze weer begonnen. Ze heeft Samantha opgegeven voor de kinderklas. Samantha was om na haar eerste rijles; ik heb mijn dromerige kleine zusje nog nooit zo doortastend gezien.

Ik ben weer begonnen met hardlopen en wandelen en soms maak ik trektochten, samen met vrienden van mijn nieuwe school. Meestal gaan we dan de uitlopers van de bergen in, door een landschap vol kloven en rotsplateaus, gegroefde stenen, heuvels, droge geulen en enorme rotsblokken, dwergboompjes en cactussen. En altijd zijn de bergen in de buurt.

We rijden ook wel eens naar Chaco Park en dan wandelen we naar de ruïnes van de Anasazi-nederzettingen, een allang uitgestorven indianenvolk dat hier duizend jaar geleden woonde. Het lijkt er altijd te waaien; zon en schaduw wisselen elkaar af en je hebt het gevoel dat er geesten voorbijkomen. Een aantal van die dorpjes zijn zo stil en vredig, dat het wel heilige plaatsen móeten zijn. Hier ben ik gelukkig, zeg ik tegen mezelf als ik er ben.

Alleen mis ik mijn moeder soms zo erg. Dan denk ik aan de laatste keer dat ik haar sprak en wil ik het liefste op de rotsige, stoffige grond gaan liggen en nooit meer opstaan.

Voordat we naar Taos verhuisden, is tante Vicky met Samantha en mij naar Skagit Harbor gegaan om het huisje van mijn moeder leeg te halen. Tante Vicky was mede-eigenaar, maar ze wilde de blokhut verkopen. 'Niemand van onze familie wil hier ooit meer logeren,' vond ze. We hadden een busje gehuurd om wat meubels en mijn moeders persoonlijke eigendommen en kunstwerken mee te nemen. We gaven ook wat spullen aan buren en vrienden die waren komen helpen.

Het was een droevige dag. Melanie omhelsde Samantha en mij en raakte ons af en toe aan terwijl ze haar tranen wegveegde. Zelfs Prinses duwde haar neus snuivend en kermend tegen mijn benen. Galerie De Orka stond te koop.

Op een gegeven moment kwam er een knappe jongen met sluik blond haar van een jaar of zeventien naar me toe. 'Ken je me nog, Franky? Garrett Hilliard?' Garrett! Ik keek waarschijnlijk behoorlijk verbaasd; Garrett zag er heel anders uit dan ik me herinnerde en aan zijn blik te zien had hij mij onder andere omstandigheden ook niet herkend.

Vraag me niet hoe we de daaropvolgende drie of vier minuten zijn doorgekomen.

Garrett zei dat hij het heel erg vond, wat er met mijn moeder was gebeurd; hij had haar graag gemogen... Daarna viel hij stil, niet wetend wat hij nog meer moest zeggen. 'Ik vond het heerlijk in Skagit Harbor,' stotterde ik. 'Het is hier zo fijn; het was de gelukkigste zomer van mijn leven...' Het klonk allemaal ongelofelijk stom; was ik dat, die dit zei?! Freaky gaf me een stomp: rustig aan, nou. Even diep ademhalen. 'Toen ik jou en je zus die dag zou komen ophalen om te gaan zeilen,' zei Garrett, 'was ik aan de late kant. Ik zag de auto van je moeder op de oprit staan, maar verder was er niemand. Ik klopte op de deur en riep dat ik er was en toen ben ik wat rond gaan kijken of ik iemand kon vinden. Ik dacht dat ik me misschien had vergist in de tijd, of dat jullie iets anders waren gaan doen. Uiteindelijk ben ik maar weggegaan en ik heb er verder niet meer aan gedacht. Nou ja, ik heb er nog wel aan gedacht, maar... ik ben later niet meer teruggegaan of zo. Maar toen daarna...'

'Sorry,' antwoordde ik. 'Dat was de dag dat mijn v-vader kwam om ons mee te nemen... naar huis.'

Mijn gezicht verstarde en ik was doodsbang dat ik zou gaan huilen. Garrett zag er aangeslagen uit en veegde nerveus over zijn mond. Het was voor ons allebei een vervelende situatie.

Ondanks dit onhandige gesprek bleken we het toch wel te kunnen vinden samen; het kostte alleen even wat tijd. Garrett hielp met het inladen van het busje en daarna nodigden zijn ouders ons uit om te komen eten voor we terugreden naar Seattle. Garrett en ik wisselden e-mailadressen uit en nu mailen we elkaar geregeld, soms dagelijks. De Hilliards zijn van plan om met kerst te gaan skiën in Taos Valley in plaats van in Aspen, waar ze normaal heen gaan, dus dan zien Garrett en ik elkaar weer.

De laatste keer dat ik mijn vader zag, zat hij in hechtenis. Sindsdien zit hij vast in de Okanogan-mannengevangenis en hebben we geen contact meer.

Mijn herinnering aan die laatste ontmoeting is een nare droom.

Het was schokkend om mijn vader zo te zien: niet alleen droeg Reid Pierson een grauwe overall die te strak zat om zijn schouders, maar er was ook iets gebeurd met zijn dikke, bruine haardos: hij was bijna kaal!

Mijn mond viel open; nog nooit was ik zo verbaasd geweest. Terugkijkend realiseer ik me dat ik belachelijk naïef ben geweest. Het was gemakkelijker om te geloven dat mijn vader een moordenaar was, dan dat hij jarenlang een haarstukje had gedragen.

Aan de zijkant en achterkant van zijn hoofd zaten alleen nog wat grijze krulletjes en bovenop een handjevol eenzame grijze haren. Toen hij mijn blik zag, voelde mijn vader met zijn vingers over zijn voorhoofd en zei opgelaten en met walging: 'Het beleid van die rotzakken is erop gericht om de gevangenen te vernederen. Als ik een glazen oog had gehad, hadden ze me dat ook nog afgenomen.'

Ik herinnerde me de raadselachtige verwijzing in mijn moeders dagboek naar een 'haarstukje'. Nu wist ik waar dat op sloeg.

Reid Piersons beroemde haardos was verdwenen en zijn gezicht had alle jongensachtige gretigheid en enthousiasme verloren. Hij zag er nu moe en chagrijnig uit, alsof de wedstrijd voorbij was en hij had verloren. Het kon hem niet langer schelen.

Tante Vicky had niet gewild dat ik mijn vader alleen ging bezoeken, maar ik had gezegd dat ik het wel zou redden in mijn eentje. Afgezien van twee bewakers zaten we samen in de raamloze, door tl-balken verlichte bezoekersruimte. Mijn vader aan de ene kant van een metalen hekwerk en ik aan de andere, allebei op harde plastic stoelen. De eerste paar minuten sprak hij onsamenhangend, raakte hij de draad kwijt en keek hij de hele tijd op de klok. Ik vroeg me af of zijn volgende bezoeker misschien belangrijker was dan zijn dochter van vijftien, en zelfs onder deze omstandigheden was ik zo kinderachtig om me gekwetst te voelen.

'Sorry, pap. Sorry dat ik je, dat ik je moest...' stamelde ik.

'O, het maakt niet uit hoor, Francesca,' antwoordde mijn vader sarcastisch.

'Eigenlijk...'

Eigenlijk hou ik echt van je. Ik kan maar niet geloven dat het zo gelopen is.

Ik wilde mijn vader zeggen dat het me speet. Niet dat ik de politie de waarheid had verteld, maar dat juist ik die waarheid had moeten vertellen. Dat er geen andere waarheid was geweest. Maar het onderscheid was te subtiel, ik kon het niet onder woorden brengen. En trouwens, mijn vader was toch niet geïnteresseerd. Hij onderbrak me en zei met een glimlach die misschien oprecht, misschien sarcastisch was: 'Ik neem het je niet kwalijk, hoor, Francesca. Ik heb zelfs geen hekel aan je. Ik vergeef het je.' Hij leunde voorover, glimlachte nadrukkelijk terwijl hij zijn voorhoofd tegen het gaas duwde en zei met een woedende, gedempte stem die de aandacht van de bewakers trok: 'Ik weet immers dat mijn vrouw en die teven van zussen van haar hebben samengespannen om jou tegen mij op te zetten. Een meisje opzetten tegen haar eigen vader, verdomme! Een meisje van wie je zou denken dat ze slim genoeg is, net als haar vader. Maar dat blijkt helaas niet zo te zijn. Ze is als was in de handen van samenzweerders en daar zal ze nu mee moeten leren leven. Ik trek mijn handen van je af – je bent mijn dochter niet meer. En zeg maar tegen die tante van je dat haar beurt ook nog wel komt: mijn zoon is niet zo'n slapjanus als mijn dochters.'

Toen was het bezoekuur voorbij. Ik liet me verdoofd en knipperend met mijn ogen door iemand naar buiten brengen. Ik was te erg in de war om te huilen. Tegen tante Vicky, die buiten stond te wachten, zei ik dat het bezoek goed was verlopen, maar ik voelde me alsof mijn vader me aan mijn schouders heen en weer had geschud tot er iets 'krak' zei in mijn hoofd.

'Word lid van de Reid Pierson-discussiegroep! Klik hier en steun de Reid Pierson-actiegroep.'

Ik ben maar één keer op de site geweest die Todd met het geld van mijn vader heeft opgezet, maar ik moet toegeven dat het er indrukwekkend uitziet.

Je kunt langs Reid Piersons 'glanzende carrière' als atleet en sportverslaggever scrollen, met meer dan twintig jaar aan foto's, krantenknipsels en verklaringen van collega-atleten en beroemdheden; je kunt lid worden van de Reid Pierson-discussiegroep die voornamelijk uit fans bestaat. Deze trouwe fans geloven dat Reid Pierson 'erin is geluisd' door de autoriteiten, of dat er, áls hij de misdaden die hij heeft bekend al echt gepleegd heeft, in elk geval 'verzachtende omstandigheden' waren zoals tijdelijke ontoerekeningsvatbaarheid of zelfverdediging. Er zijn vrouwen die tegen de klippen op 'dol op hem zijn' of hem 'bewonderen'. In hun ogen zal Reid Pierson altijd een held blijven. Ze sturen hem giften voor het hoger beroep, liefdesbrieven en huwelijksaanzoeken, waar Reid Pierson tot op heden nog niet op is ingegaan.

Een nieuwe ontwikkeling: het Openbaar Ministerie heeft het onderzoek naar de zaak Bonnie Lynn Byers uit 1985 heropend.

In het Lila Dagboek heb ik mijn vaders laatste woorden aan mij opgeschreven: 'En zeg maar tegen die tante van je dat haar beurt ook nog wel komt: mijn zoon is niet zo'n slapjanus als mijn dochters.'
Ik heb het nog niet aan tante Vicky verteld en weet ook niet of ik dat moet doen.

In het Spaanse huis in de Moreno Vallei, aan de voet van het Sangre de Cristo-gebergte, waar Krista Connor nooit geweest is, zie je in alle kamers haar schilderijen, haar zijdeschilderingen, haar geweven doeken en haar aardewerk. In de huiskamer waarvan het grote raam uitkijkt op de bergen in het noorden, staan foto's van Krista Connor op een tafeltje onder een lamp met franjes. Ook de foto's die Mero Okawa van mijn moeder, Samantha en mij heeft gemaakt: we staan er met zijn drieën lachend op, mijn moeder heeft haar armen om Samantha en mij heen geslagen en haar kin rust op mijn schouder.
Van sommige dingen denk je dat ze nooit voorbijgaan.
Soms kom ik de kamer in en dan zie ik hoe Samantha als gehypnotiseerd naar die foto's staat te staren. Ik durf haar bijna niet te storen. Soms staar ik er zelf naar en dan ben ik alle gevoel voor tijd kwijt. Dan schrik ik op en realiseer me dat er van mijn leven minuten voorbijgegaan zijn, maar dat de tijd is blijven stilstaan in dat van mijn moeder.

Voordat we uit Seattle vertrokken heeft tante Vicky me mijn moeders zilveren ring in de vorm van een duif gegeven. Ik draag hem aan mijn rechterhand. Het was een van de ringen die zijn gevonden in de kluis van mijn vader. Tante Vicky dacht dat we naar de juwelier zouden moeten om de ring kleiner te laten maken, maar hij past precies.

Vanmiddag ging ik hardlopen. Normaal loop ik van ons huis door een droge geul die naar een landweggetje kronkelt. De lucht was helder, koel en droog. Terwijl ik liep, probeerde ik alleen te denken aan wat ik om me heen zag. In het zuidwesten is alles zo helder: geen mist, geen motregen, geen betrokken luchten of eindeloze regenbuien die mensen in zichzelf gekeerd, somber en melancholiek maken. Hier schuiven zonnestralen over de rotsachtige aarde en de gladde zandduinen. Bij de weg aangekomen hoorde ik gepiep en het geluid van iets dat wanhopig rondspartelde in de struiken; het was een jong hondje, broodmager, nauwelijks meer dan een puppy en vol schaafwonden. Toen ik stopte om het te aaien begon het enthousiast mijn handen te likken en met zijn korte staartje te kwispelen. Het had het vossenkopje van een collie en het stevige lijfje van een labrador. Er zat geen riem om zijn nek en ook geen hondenpenning. 'Arme hond, arm beestje.' Ik ging op mijn hurken naast hem zitten en wist niet goed wat ik moest doen. Het hondje wist van blijdschap niet wat hij moest doen: het was zo te zien bang en hongerig. Als ik verder zou rennen, kwam hij vast achter me aan en in zijn toestand kon hij niet zo hard. Achterlaten kon ik hem ook niet.

Hoe kon ik het nou hier laten?

Ik besloot de paar huizen in de buurt langs te gaan, maar gezien zijn toestand was de pup uit een auto gegooid.

Uiteindelijk nam ik hem mee naar huis.

We hebben nog geen naam verzonnen.

Inhoud

ISBN 90 6494 023 1
NUR 284

Joyce Carol Oates, *Grote Bek & Lelijk Wijf*

Wat doe je als je door twee rechercheurs uit de klas wordt
gehaald? Als je geen flauw idee hebt waarvan je wordt beschul-
digd? Als alle vingers jouw kant op wijzen?
Matt Donoghy wordt nerveus van de situatie. En door zijn zenuwen kan hij zijn grote bek niet houden...

Ursula Riggs wéét dat iedereen haar uitkotst op school. Ze
besluit het heft in eigen handen te nemen en voortaan bewust als
buitenstaander door het leven te gaan. Lelijk Wijf is voor niemand meer bang!

Onverwacht gaat Matt een belangrijke rol spelen in het leven van
Ursula. Ze blijken afhankelijker van elkaar te zijn dan ze zouden
willen.

Grote Bek & Lelijk Wijf is een uitdagend, onverschrokken verhaal
over de gevolgen van een brute, valse beschuldiging. Over hoe
het voelt om ineens door iedereen buitengesloten te worden.

ISBN 90 00 03550 3
NUR 284

Celia Rees, *Piraten!*

*De waargebeurde en buitengewone avonturen van
Minerva Sharp en Nany Kington, piraten*

Piraten! speelt zich af rond 1700, een tijd waarin piraterij een
goed en populair alternatief was voor slavernij. Wanneer Nancy
naar West-Indië wordt gestuurd om te trouwen, krijgt haar leven
plotseling een geheel onverwachte wending. Ze trouwt niet met
de man voor wie ze voorbestemd was. In plaats daarvan vlucht ze
met haar slavin. Ze kiezen voor de vrijheid van de zee en worden
piraten!
Celia Rees heeft zich laten inspireren door de verhalen over
beroemde piraten als Black Beard, Captain Kidd en de vrouwelij-
ke piraten Anne Bonny en Mary Read. In dit boek weet ze het fas-
cinerende verhaal van Nancy en haar slavin Minerva zo pakkend
over te brengen dat je ze nooit meer zult vergeten.

ISBN 90 6494 101 7
NUR 284

ISBN 90 6494 108 4
NUR 284

Philip Pullman, *Het raadsel van de robijn* en *De schaduw in het noorden*

Deel 1 en 2 in de spannende vierdelige Sally Lockhart-serie

Sally Lockhart is zestien en ongewoon mooi. Ze weet niets van de moderne talen, geschiedenis, kunst en muziek, maar des te meer over militaire aangelegenheden en het runnen van een bedrijf. En met een pistool is ze onverslaanbaar. Als haar vader onder verdachte omstandigheden verdrinkt in de Zuid-Chinese zee, moet Sally voortaan voor zichzelf zorgen, als wees helemaal alleen in het mistige Victoriaanse Londen.

In *Het raadsel van de robijn* probeert Sally erachter te komen wat er gebeurd is met haar vader. Hoe meer ze te weten komt, hoe groter het mysterie én het gevaar worden.

In *De schaduw in het noorden* runt Sally een succesvol bedrijf met de fotograaf Frederick Garland. Zonder dat Sally en Frederick het weten brengt elke stap die ze zetten hen verder in doodsgevaar en in de kille greep van de schaduw in het noorden...